Aias

BIBLIOTECA PÓLEN

Para quem não quer confundir rigor com rigidez, é fértil considerar que a filosofia não é somente uma exclusividade desse competente e titulado técnico chamado filósofo. Nem sempre ela se apresentou em público revestida de trajes acadêmicos, cultivada em viveiros protetores contra o perigo da reflexão: a própria crítica da razão, de Kant, com todo o seu aparato tecnológico, visava, declaradamente, libertar os objetos da metafísica do "monopólio das Escolas".

O filosofar, desde a Antiguidade, tem acontecido na forma de fragmentos, poemas, diálogos, cartas, ensaios, confissões, meditações, paródias, peripatéticos passeios, acompanhados de infindável comentário, sempre recomeçado, e até os modelos mais clássicos de sistema (Espinosa com sua ética, Hegel com sua lógica, Fichte com sua doutrina-da-ciência) são atingidos nesse próprio estatuto sistemático pelo paradoxo constitutivo que os faz viver. Essa vitalidade da filosofia, em suas múltiplas formas, é denominador comum dos livros desta coleção, que não se pretende disciplinarmente filosófica, mas, justamente, portadora desses grãos de antidogmatismo que impedem o pensamento de enclausurar-se: um convite à liberdade e à alegria da reflexão.

Rubens Rodrigues Torres Filho

Sófocles

AIAS

Apresentação e tradução
Flávio Ribeiro de Oliveira

ILUMI/URAS

Biblioteca Pólen
Dirigida por Rubens Rodrigues Torres Filho e Márcio Suzuki

Copyright © *2008*
Flávio Ribeiro de Oliveira

Copyright © *desta edição*
Editora Iluminuras Ltda.

Capa
Fê
Estúdio A Garatuja Amarela
sobre *Escultura sem título* (1957), pigmento puro e resina sintética sobre quatro cubos montados sobre plexiglas [19,5 x 12 x 9,5 cm], Yves Klein.
Coleção particular.

Revisão, digitação bilingue
Ariadne Escobar Branco

(Este livro segue as novas regras do Acordo Ortográfico da Língua Portuguesa)

DADOS INTERNACIONAIS DE CATALOGAÇÃO NA PUBLICAÇÃO (CIP)
(Câmara Brasileira do Livro, SP, Brasil)

Sófocles
    Aias / Sófocles ; Apresentação e tradução Flávio Ribeiro de Oliveira. —
São Paulo : Iluminuras, 2008.

Título original: Aias.
ISBN 978-85-7321-174-0

1. Teatro grego I. Oliveira, Flávio Ribeiro de.
II. Título

05-2813   CDD-882.01

Índices para catálogo sistemático

1. Teatro : Literatura grega antiga   882.01

2008
EDITORA ILUMINURAS LTDA.
Rua Inácio Pereira da Rocha, 389 - 05432-011 - São Paulo - SP - Brasil
Tel.: (11) 3031-6161 / Fax: (11) 3031-4989
iluminuras@iluminuras.com.br
www.iluminuras.com.br

SUMÁRIO

Apresentação 7
Flávio Ribeiro de Oliveira

AIAS

Prólogo 55
Párodo 67
Primeiro Episódio 73
Primeiro Estásimo 99
Segundo Episódio 103
Segundo Estásimo 107
Terceiro Episódio 109
Epipárodo 119
Kommós 121
Terceiro Estásimo 143
Êxodo 147

APRESENTAÇÃO

Flávio Ribeiro de Oliveira

I

Aias era o melhor guerreiro grego depois de Aquiles. Quando, durante o cerco de Troia, Aquiles é morto, os chefes da expedição decidem atribuir suas armas ao mais valoroso dentre os combatentes helenos. Aias, que defendera o cadáver de Aquiles do assédio dos inimigos troianos, estava certo de que as armas lhe caberiam; é a Odisseu, contudo, que são oferecidas. Essa ingratidão dos chefes subleva Aias, que trama vingança contra aqueles que o defraudaram do prêmio que merecia por seu valor. Sai de sua tenda à noite, empunhando espada, e se dirige para as barracas dos outros chefes — agora seus inimigos. Pretende matá-los. Mas, quando chega à porta da tenda dos Atridas, a deusa Atena intervém: obnubila-lhe o espírito com uma loucura que o desvia do objeto de seu ódio. Aias marcha até os prados onde pastores guardavam os rebanhos do exército. Lá, ensandecido, precipita-se sobre animais e pastores e os trucida encarniçadamente, tomando-os por seus inimigos. Alguns dos carneiros são poupados — ele os levará a sua barraca, onde os torturará até a morte.

Nesse ponto inicia-se a tragédia de Sófocles. No Prólogo, Odisseu espreita as barracas dos marinheiros comandados por Aias. Para descrever a atividade de Odisseu, o poeta emprega diversos termos da arte venatória (*therómenon, kynegetoûnta* [...] *íkhne, kynòs lakaínes* [...] *eúrinos básis e kynagía*, versos 2, 5, 8 e 37), sugerindo que Odisseu rastreia Aias como caçador a perseguir uma fera — imagem tanto mais sugestiva quanto Aias de fato agiu como besta selvagem: quando acometeu contra os rebanhos, também caçava, mas não como ser humano; seu ataque foi o de uma besta selvagem a perseguir animais domésticos. Veremos mais tarde que Aias tinha pensamentos elevados demais para um homem — o mensageiro no-lo dirá, repetindo as palavras do profeta Calcas (v. 760 sqq.). O herói pensa e fala como um deus — mas, por obra de Atena, age como fera. Aias aparece como homem que perdeu a humanidade e oscila sem transição entre o divino e o bestial.

A própria Atena aparece para assistir à caçada de Odisseu. Apenas os espectadores a podem ver; para Odisseu ela permanece invisível: inicia-se um jogo de ocultamentos e desvelamentos que perpassará todo o Prólogo. A voz da deusa anuncia a Odisseu que o viu a espionar o acampamento de Aias e veio para o informar daquilo que busca saber. Odisseu diz a Atena que encontraram os rebanhos destroçados e que uma testemunha vira Aias no prado com a espada na mão — a única pista que tinham. A deusa confirma as suspeitas de Odisseu e narra todo o evento: Aias de fato investira à noite contra os chefes da tropa; a demência enviada por Atena desviara seu impulso assassino para os rebanhos. Atena enfatiza o fato de ter sido empreendido à noite o ataque de Aias: só à noite (*nýktor*, v. 47), com dolo, Aias teria a audácia de perpetrar tamanho feito. É possível que haja aí contraste deliberado com a passagem da *Ilíada* em que Aias, resistindo à investida de Heitor sob espesso nevoeiro que Zeus enviara para proteger o troiano, roga a Zeus que restabeleça o brilho do dia, para que os gregos ao menos pudessem perecer em plena luz (XVII; 645 sqq.). No *Tratado do Sublime* (IX, 10) o autor comenta que, na passagem da *Ilíada*, Aias não suplica por sua vida, mas pela luz, para que possa exercer seu valor guerreiro, já que nas trevas não pode praticá-lo (*en aprákto skótei*). Já o Aias sofocliano empreende seu ataque à noite e, furtivo, emprega suas qualidades bélicas em carnificina aberrante. Ironicamente, tal expedição noturna se parece muito com a excursão que seu adversário Odisseu, junto com Diomedes, realizara certa noite contra o campo troiano, matando vários inimigos que dormiam e roubando-lhes os cavalos — justamente com a ajuda de Atena (cf. "Dolonia", *Ilíada*, X, e *Reso*, atribuído a Eurípides). Durante a investida, Odisseu oferece a Atena o espólio tomado a Dólon, troiano que Diomedes matara (*Ilíada*, X, 460 sqq.); mais tarde, como agradecimento pelo ataque bem-sucedido, preparar-lhe-á um sacrifício com os despojos do troiano (X, 570 sqq.). Aias também pretende oferecer troféus à deusa, como agradecimento por seu triunfo noturno (*Aias*, v. 92-3). Mas não a enternece. É tarde demais. Ele a ofendera outrora (*Aias*, v. 762 sqq.). O deus grego não tem misericórdia.

Para a surpresa — e pânico — de Odisseu, concluído o relato, Atena chama Aias para que se aproxime: quer que Odisseu contemple a queda do inimigo. Diante do receio de Odisseu, ela lhe garante que obscurecerá os olhos de Aias de modo que não o possa ver. Agora Odisseu vê Aias, que não o vê — e nenhum dos dois enxerga a deusa, que manipula o aparecer e o desaparecer, onipotente artífice do visível e do invisível. Cegueira e visão são dispostos antiteticamente na relação entre as três personagens: Atena vê Odisseu, que não a vê; de modo inverso, Odisseu vê Aias, que não o vê. Opõem-se três planos distintos de conhecimento visual, hierarquicamente articulados: o da deusa, o do mortal e o do homem demente; o louco não vê nem o são nem o deus, o são vê o louco mas não vê o deus, o deus tudo vê e não é visto. Há a gradação entre ignorância completa e onisciência divina. Atena é aquela que sabe por ter visto (*eiduîa*, v. 13); Odisseu não precisa espiar (*paptaínein*, v. 11) para saber: basta-lhe confiar na visão da deusa; Aias é o mortal desorientado e privado de toda acuidade visual: sobre seus olhos (*ep' ómmasi*, v. 51) foram lançadas imagens extraviadoras; seus olhos veem homens onde na verdade há bestas.

O diálogo que a seguir travam Atena e Aias tem pasmado muitos estudiosos do texto: a deusa é cruel e sarcástica com o pobre herói que, ludibriado, demente e decaído, crê ter triunfado e obtido grande glória. Atena se apresenta como sua aliada — mas é na verdade sua pior inimiga, e aliada fiel do mesmo Odisseu que Aias execra. A deusa se refere ao massacre dos rebanhos como se tivesse sido efetivamente uma vitória contra os inimigos de Aias, levando ao extremo a ilusão do herói, incitando-o a se vangloriar de sua façanha grotesca, a relatar como torturará certo animal que acredita ser Odisseu. Atena chega a lhe suplicar que não mortifique demais a besta — mas enfim aceita que Aias faça o que lhe aprouver. Aias se despede com o patético convite para que a deusa lhe continue sendo tamanha aliada...

Como aceitar moralmente o fato de uma deusa espezinhar a tal ponto um mortal? Como não se revoltar diante de tão gratuita zombaria? Não bastava a Atena ter ensandecido Aias? Ela deve ainda escarnecer de sua loucura? De fato, muitos comentadores tem considerado moralmente inadequada a atitude da deusa: a aspereza do castigo não seria proporcional à ofensa do herói; sua atitude parece não convir a um imortal. Para alguns, a deusa seria maldosa e cruel; sentiria prazer com o mal que comete; parcial e caprichosa, perderia Aias apenas para favorecer Odisseu. Segundo outros, sua cólera se assemelharia a prazer malévolo diante da queda de Aias; ela agiria de modo enfaticamente humano — de modo mesmo feminino. Já se afirmou que, na peça, Atena é uma divindade caprichosa e cruel, que zomba de seu inimigo e o espezinha quando está caído, enquanto trata seu protegido Odisseu com benevolência familiar. Há quem julgue que a deusa se orgulhe de seu poder com vanglória infantil, que seja benevolente com Odisseu por um movimento caprichoso de seu coração; que não tenha nenhum sentimento de justiça que lhe modere a conduta. Outros escrevem que o modo como Atena age é, quando avaliado por padrões humanos, tão zombeteiro e áspero que, se Sófocles teve a intenção de justificar o comportamento da deusa, falhou nessa tentativa.

Lendo alguns desse comentários, temos a impressão de que Sófocles pôs em cena uma mulherzinha histérica, e não uma deusa olímpica! Estarão certos?

De fato, não causaria indignação um deus que afirmasse que rir dos inimigos é o riso mais doce (verso 79)? Não satisfeita com enlouquecer Aias, Atena caprichosamente ainda quer humilhá-lo e expô-lo ao escárnio público!

Esvaziando-se a divindade de Atena, tentou-se amenizar a má impressão que causa a deusa: não seria propriamente um deus, mas apenas a personificação do poder ou da punição divina. A deusa seria apenas a punição divina rudemente personificada sob o nome de Atena. Sófocles personalizaria a causa do desastre de Aias introduzindo no Prólogo a figura da deusa Atena. Não precisamos abordar agora a espinhosa questão da natureza dos deuses gregos para perceber que esse ponto de vista é um subterfúgio vão. O que significa o adjetivo "divino" quando se anuncia que um deus é apenas a personificação da punição divina? Pretende-se dizer que o deus é personificação da punição do deus? Ora, um deus é um deus e seus atos são divinos. A Atena de Sófocles não é mera personificação de forças brutas da natureza, como Kratos e Bia em *Prometeu*. É um deus olímpico em cena, com seu pleno sentido. Sófocles era pio demais para negligenciar o significado da deusa Atena. Nosso problema, portanto, perdura: como se explica a atitude de Atena? É inegável que a deusa é violenta e dura — mas tal dureza não é má, caprichosa ou injusta: trata-se de um rigor na ação que, embora exacerbado, nada tem de incompatível com a moral grega. A cada deus olímpico estão atribuídos certos domínios do mundo. Os domínios de Atena (ou de qualquer outro Olímpico), a esfera onde exerce sua influência, podem se manifestar rudes ou doces aos mortais, conforme eles se relacionem com esse âmbito do Ser. A violência do deus é a violência da Natureza.

O problema, contudo, está apenas parcialmente resolvido: a violência dos deuses pode se justificar — concedamo-lo — mas não teria Atena se excedido em sua dureza? Sua violência não teria ultrapassado todos os limites aceitáveis — mesmo para um deus? Enfim, mesmo admitindo que a dureza de Atena não é imoral, não seria a deusa descomedida na gradação dessa dureza? Além de enganar e arruinar o homem, pretender expô-lo a chacotas! Não será isso obra de um deus que ignora a boa medida?

Atena não era descomedida ou caprichosa. Aqueles que afirmam ser caprichosa ou parcial a predileção de Atena por Odisseu compreendem frivolamente a religião grega. Atena não pode substituir em seu coração Odisseu por algum outro, como uma adolescente enfastiada troca de penteado ou de namorado! Odisseu representa todas as virtudes contidas na esfera de influência de Atena. Em outras palavras: as virtudes de Odisseu correspondem à essência de Atena. A deusa preza não o golpe brutal, mas reflexão e dignidade. Ela se manifesta sempre que uma visão lúcida, plena de reflexão e cálculo planeja algum empreendimento. Em sua essência está a *métis*, virtude que caracteriza seu protegido — essa habilidade em compreender um estado de coisas com um olhar penetrante e encontrar uma via eficaz para a ação. A clareza desse olhar que perscruta se traduz num dos epítetos da deusa — *glaukópis*, "de olhos luzentes". Ela se manifesta a Odisseu justamente na ocasião em que ele, astuto, calculista, observava o acampamento dos nautas de Aias, buscando pistas e aspirando a uma compreensão global da situação para que tivesse base sólida para sua ação ulterior. Quão diferente da de Aias é sua atitude! Aias partira impulsivamente, irrefletidamente, para perpetrar façanha brutal: não há laivo de ponderação em sua empresa; move-o apenas o desejo imediato de vingança. Contudo — objetar-se-ia talvez — Aias faz algum cálculo: empreende o ataque à noite, enquanto seus desafetos dormem, incapazes de se defender. Não haveria engenho nessa empresa? Sim, há engenho, mas é ineficaz, é mera contrafação da *métis* de Atena. No mundo grego nenhuma virtude é efetiva sem a participação de um deus. O mortal não pode ter *métis* sem se relacionar com deusa da *métis* — Atena. Sem a deusa, não há *métis*; Aias, renegando Atena, exclui qualquer possibilidade de que seus empreendimentos sejam bem-sucedidos. Seu engenho e sua astúcia são estéreis; suas ações necessariamente malograrão, pois estão excluídas do âmbito de Atena. Mas como se explicariam então as palavras de Atena nos versos 118-120? A deusa pergunta: "Vês, Odisseu, a força dos deuses quão grande é? / Quem mais precavido que esse homem, / ou melhor em agir oportunamente poderias encontrar?"; Odisseu responde que não conhece ninguém mais prudente do que Aias, ou melhor na ação oportuna. Como se pode considerar precavido e eficaz na ação oportuna um homem que age tão atabalhoadamente? Aias de fato foi precavido e escolheu a ocasião oportuna para a ação: ele investe à noite e age à socapa, oculto pelas trevas, quando todos dormem. *Tà kairía*, no verso 120, só pode se referir ao fato de ter sido desferido à noite o ataque. Sim, Aias escolheu a ocasião adequada para arremeter — mas isso não basta. Seu cálculo não foi completo. Ele se esqueceu de computar um elemento decisivo: os deuses. Atena ensina que não é suficiente escolher os meios materiais mais adequados à ação: a ação de um mortal só é eficaz se realizada em consonância com os deuses. Odisseu, antes de executar seu ataque noturno contra o campo inimigo, na "Dolonia", faz à deusa oferendas propiciatórias. Ele sabe que o homem sem o deus nada pode. Odisseu sabe planejar suas ações com eficiência. Aias não.

Aias renega a deusa, rejeita aquelas virtudes que constituem a essência de Atena — e ela, reciprocamente, o abandona. Podemos compreender o massacre dos rebanhos sob seu aspecto positivo — a intervenção de Atena extraviando o herói — ou, simplesmente, sob seu aspecto negativo: como ausência de Atena na ação de Aias. Se o que caracteriza o domínio de Atena é a ação ponderada e bem-sucedida, pode-se dizer que Aias realizou sua ação desastrosa completamente abandonado pela deusa — privado da assistência lúcida que ela presta a seus protegidos, carente daquela penetração clarividente do olhar que Atena inspira em quem favorece. E tal abandono é engendrado por um duplo movimento: Aias recusara antes a ajuda de Atena (versos 770 sqq.) e agora ela o deixa só. A deusa garante a Odisseu que atirou sobre os olhos de Aias imagens extraviadoras (versos 51-2); aquele que não tem o olhar agudo e perspicaz, mas encontra-se obumbrado por visões enganosas, é justamente aquele que está privado de Atena. A deusa é aliada de Odisseu porque ele, nesse aspecto, é oposto a Aias: é prudente e sagaz; deseja a assistência da deusa e a obtém — não poderia deixar de obtê-la, sendo tal qual é, e continuará a obtê-la sempre, se conservar a mesma natureza. Não há risco de Atena, por capricho, abandonar o prudente Odisseu: a religião grega é consistente. Mas Aias jamais poderia atrair o favor de Atena — a menos que transformasse completamente sua índole, que deixasse de ser Aias — caso contrário, Atena não seria Atena.

Não há, pois, veleidade infantil na atitude de Atena. A "parcialidade" em favor de Odisseu encontra plena justificativa em sua própria essência. Mas não haveria ao menos certo descomedimento no castigo de Aias? Será que Atena não ultrapassou os limites do razoável? Não creio. Examinemos a atitude de Odisseu, Aias e Atena no Prólogo.

Tomemos como ponto de partida o princípio de *"toùs mèn phílous eû poieîn, toùs d'ekhthroùs kakôs"* (fazer o bem aos amigos; aos inimigos, o mal), sentença de modo geral ainda aceita na Atenas do século V como regra de conduta, expressão simples e prática de uma das facetas do antigo código heroico — que sobrevivia, renitente, na *polis* democrática. Observamos que é precisamente aquela a atitude de Aias: privando-o das armas das quais acreditava ser merecedor, os Atridas e Odisseu o prejudicaram. Não importa se a atribuição das armas foi justa ou não; para o espírito direto de Aias o único aspecto a ser levado em conta é o fato bruto: ele foi lesado; aqueles que o lesaram são agora seus inimigos. "Fazer mal aos inimigos" é o princípio de conduta que Aias imediatamente põe em prática. Não há qualquer referência à ideia de Justiça. Seu diálogo com Atena (v. 91-117) mostra que não teve nenhuma preocupação em reparar injustiças: sua intenção era massacrar aqueles que o lesaram — e não se menciona uma palavra a propósito da conformidade ou não desse lesar com os princípios da Justiça. Aias é uma criatura pré-jurídica, alheia às instituições políticas (insurge-se contra o resultado do escrutínio porque este lhe foi desfavorável); seu código de ação, no Prólogo, se resume na sentença de Arquíloco, *"hén d'epístamai méga, / tòn kakôs m' érdonta deinoîs antameíbesthai kakoîs"* ("sei uma só coisa, grande: ao que me faz o mal, devolver terríveis males"; fr. 126 — West). Aias se delicia com a carnificina que perpetra (versos 96 e 105-106) — e não há a atenuante de que está louco: sua loucura o afeta apenas no plano da cognição; a demência o leva confundir bestas domésticas com homens: não afeta o caráter de Aias. A confusão perceptiva se deve à deusa. Os arroubos de violência são integralmente dele. O propósito de partir à noite para supliciar Odisseu e os Atridas é anterior à doença; nada indica que o prazer brutal que demonstra ao destroçar os rebanhos seja fruto da loucura.

Bem diversa é a postura de Odisseu, que, modestamente, se recusa a zombar do adversário decaído (versos 79-80) e se apiada dele, ainda que seja seu inimigo (v. 121-2). Odisseu não se dispõe a escarnecer Aias porque antes de enxergar nele apenas um inimigo, considera a condição humana de que ambos compartilham e compreende a fragilidade dessa condição: "(...) Contudo compadeço-me dele, / o miserável, ainda que seja meu inimigo, / porque está subjugado por extravio nefasto / em nada mais sua sorte do que a minha considerando; / pois vejo que nós nada mais somos do que / fantasmas, quantos vivemos, ou sombras leves" (v. 121-6).

Entre tais extremos — a aplicação selvagem do princípio "fazer o bem aos amigos; o mal aos inimigos" e a atitude moderada e sensata daquele que sabe se pôr no lugar de seu adversário — como poderíamos situar o comportamento de Atena? A atitude da deusa parece, a princípio, não se distinguir da de Aias: ele é seu inimigo e ela o persegue. Não importa se o castigo é grotescamente desproporcional à ofensa de Aias: ele a ofendeu e deve ser arruinado.

Diante do inimigo humilhado, ela exulta impudicamente e o escarnece como ele escarnece os próprios inimigos, que crê ter derrotado. Há, todavia, uma diferença essencial entre as atitudes de Aias e de Atena: esta é uma deusa; aquele é mero mortal. Deve-se investigar que significado tem esse fato do ponto de vista moral. Quando comentadores afirmam que Atena não tem pressentimento de justiça que lhe modere a conduta ou que, malvada, tem prazer em praticar o mal, é evidente que pespegam sumariamente à deusa um julgamento moral. Cabe-nos avaliar se os pressupostos em que se funda tal julgamento são pertinentes ou não. Para fazê-lo, devemos analisar as palavras de Atena a Odisseu na conclusão do Prólogo: "Tais fatos então contempla, e nenhuma soberba (*hypérkopon*) / fala jamais fales, tu próprio, aos deuses, / nem empáfia nenhuma carregues, se sobre outro / no braço preponderas ou em profundez de grande riqueza. / Pois um só dia dobra e reergue de volta / tudo o que é humano. Os deuses amam / os sensatos (*sóphronas*) e abominam os vis (*kakoús*)" (v. 127-33).

As palavras finais de Atena contêm uma lição que não pode ser negligenciada. Os deuses abominam os homens vis (*toùs kakoús*), garante Atena. O sentido de "vis" é especificado em sua oposição a "sensatos" (*toùs... sóphronas*). O homem sensato, querido pelos deuses, é aquele que age conforme aconselha Atena: não se dirige aos deuses com soberba e não se vangloria se porventura sua força ou riqueza o fizer triunfar sobre outrem. Quem faz o contrário granjeia o ódio dos deuses. Por quê? A própria Atena esclarece: um só dia pode derrubar e reerguer as coisas humanas. Ao homem são vedadas a vanglória e a arrogância porque, sendo instável tudo quanto é humano, a preponderância de hoje pode se converter em inferioridade amanhã; o mortal agora glorioso pode se tornar logo derrotado: as coisas humanas (*tanthrópeia*) estão sob o domínio da fragilidade. O erro de Aias foi ignorar a transitoriedade daquilo que é humano; vencedor, acreditava que sempre o seria, independente dos deuses. O mensageiro, repetindo as palavras do profeta Calcas (v. 752 sqq.), explica que Aias por duas vezes rejeitou a assistência dos deuses: quando seu pai o exortava a buscar sempre a vitória com um deus, ele respondeu orgulhosa e insensatamente (*hypsikómpos kaphrónos*) que com os deuses mesmo um ninguém poderia triunfar; ele, Aias, quer obter a glória sem o auxílio divino. Noutra ocasião Atena lhe oferece ajuda durante a batalha; ele responde com palavras terríveis e inauditas: que a deusa cuidasse dos outros argivos; ele não precisava dela. Calcas afirmara categoricamente duas vezes que a deusa o perseguia porque ele, sendo mortal, não tinha pensamentos próprios de mortal (v. 758-61 e 776-7). Aias pensa, fala e age como se fosse um deus; não receia nada, não tem o menor pressentimento da própria vulnerabilidade: ignora sua condição de mero mortal e toda instabilidade que essa condição traz consigo. Não respeitou a fronteira inviolável entre a natureza humana e a divina. Deseja sempre agir só, senhor absoluto de seu destino; sua autosuficiência se traduz em palavras arrogantes e desdenhosas dirigidas a deuses e a mortais. Quando mortifica os animais que crê serem os generais gregos, alardeia orgulho (*kómpos*, v. 96) por sua façanha cruenta; confessa que, para seu maior prazer, Odisseu está na barraca, pronto para ser açoitado até a morte. Atena roga-lhe que não o maltrate tanto; o herói, altaneiro, concede (*ephíemai*) à deusa que se compraza com outras coisas: Odisseu sofrerá aquela punição, e não outra (v. 112-3). Aias se despede de Atena concedendo-lhe (*ephíemai*) que permaneça sempre sua aliada (versos 116-7). O verbo *ephíemi* na voz média, que Aias dirige a Atena, significa não só "conceder", "permitir", mas também "prescrever", "ordenar", e não seria erro, tendo em vista a arrogância e autoconfiança de Aias, traduzi-lo assim. O mortal pretende fazer concessões à deusa! Quase lhe dá ordens! Para Aias, não há limites entre ele e os deuses.

Desse ponto de vista, o que haveria de moralmente condenável no comportamento de Atena? O ensinamento que prescreve a Odisseu é que mortais não devem ultrapassar os limites consignados a sua condição. Ora, é evidente que tal preceito não se aplica aos próprios deuses! A *sophrosýne* ("sensatez", "prudência") que Atena ensina e enaltece consiste em reconhecer a fronteira entre homens e deuses e não ultrapassá-la quando se é mortal. Mas Atena é uma deusa! O homem não deve agir como imortal porque em sua vida tudo é transitório, e num átimo pode sobrevir completa ruína ao homem feliz ou inesperada glória ao miserável. Mortais são mais fracos que os deuses e devem lhes prestar as homenagens a que têm direito por sua superioridade. O mortal que crê possuir inabalável felicidade ignora a essência da condição humana e tem pensamentos próprios a imortais. O deus, contudo, sabe que sua situação não é transitória e que seu poder é inesgotável. Odisseu se compadece de Aias porque é *sóphron* e sabe que, sendo mortal, talvez um dia venha a se encontrar em situação semelhante à de seu inimigo. Já Atena sabe que jamais se encontrará em situação parecida; seu poder e sua glória não são circunstanciais. Ela pode espezinhar Aias, pode chegar ao mais cruel escárnio, pode se gabar de sua força: sua sorte nunca mudará. Palavras confiantes e envaidecidas são vanglória na boca de Aias; na de Atena são glória. A sábia modéstia de Odisseu não é desinteressada bondade cristã, mas tem inequívoco sentido prático: ele sabe que é mortal e que pode padecer a mesma sorte, sabe que é fraco e inferior aos deuses e que se deve manter prudente, sem excesso de confiança, se não quiser cair como caiu Aias. O homem nunca sabe se cairá nem quando cairá. Atena, todavia, não tem tal preocupação: ela nunca cairá e o sabe com completa segurança. Do ponto de vista moral, a atitude de Odisseu merece plena aprovação — "... Vejo que nós nada mais somos do que / fantasmas, quantos vivemos, ou leves sombras" (v. 125-6). Odisseu conhece seu lugar. A atitude de Atena se justifica do mesmo modo: "Vês, Odisseu, a força dos deuses, quão grande é?" (v. 118). Ela também conhece seu lugar no mundo. Odisseu reconhece o poder dos imortais: "é certo que tudo pode acontecer, quando um deus trama!" (v. 86). Só Aias ignora o lugar que, por natureza, lhe cabe. Sendo mortal, confinado ao plano do incerto e transitório, pensa, fala e age como se seu domínio fosse o do absoluto — como se fosse um deus cuja força e conhecimento não têm limites. Em sua estouvada arrogância, não concede aos deuses — que sabem e podem mais do que ele — as honras que lhes são devidas pelos mortais. O deus grego é sempre cioso de sua *timé* e sempre a cobra com exação. Se admitimos, pois, que o ideal de *sophrosýne* exposto no Prólogo consiste em cada um saber que lugar lhe cabe na ordem do mundo e agir conforme a natureza desse lugar, vemos que a atitude de Atena está muito mais próxima da de Odisseu que da de Aias: Este não conhece sua própria posição na ordem das coisas e age com estulta ignorância dos limites que essa posição lhe imporia; aqueles conhecem seus lugares e agem em conformidade com eles: Odisseu dentro dos limites em que a condição humana o confina; Atena plenamente cônscia de seu ilimitado poder divino. Princípios morais aceitáveis no caso dos deuses nem sempre o são no caso dos homens: para a piedade grega, a moral dos deuses nem sempre coincide com a moral humana — ao contrário do cristianismo, em que a virtude do homem deve imitar a virtude de Deus: se esta é diferente daquela, é apenas porque é perfeita, perfeição em que devem se espelhar os mortais. O que distingue o homem virtuoso de Deus não é senão o grau de sua virtude. Já entre os gregos não há somente diferença de gradação: a moral divina é em essência diferente da moral dos homens; o que é permitido aos deuses é muitas vezes vedado aos mortais. Deuses gregos nem sempre são modelos a serem imitados — mas não é por isso que se pode classificar como imoral seu comportamento.

Atena abandona a cena no final do Prólogo. Sua presença foi perturbadora; a impressão que perdura é a da insignificância do homem, por mais forte e hábil que seja. O deus pode tudo; Atena é capaz de fazer que um homem deixe de ver alguém que se lhe depare; faz que ele veja homens onde há ovelhas e cabras; faz ouvirem sua voz sem que vejam sua imagem — ela domina a visibilidade das coisas a seu bel-prazer. Não só enuncia a fraqueza do homem, mas a mostra com toda a evidência. Perde e escarnece impiedosamente o mortal que ignorava a própria pequenez. Todavia esse mortal, quando recobrar a consciência e descobrir sua verdadeira situação, se revelará grande. Aias, mesmo derrotado, não cederá e não será *sóphron* — ainda que perceba que os mortais devem sê-lo. Aias já foi comparado mais de uma vez a Dom Quixote. Ambos adotam um código de valores inadequado ao mundo em que vivem. Quixote, turvado pela loucura, ataca ovelhas e pastores acreditando que fossem o exército do vil Alifanfarrão — sandice análoga à de Aias. Mas quando Aias desperta, quão diferente de Dom Quixote se mostra! Vocifera, arrebatado por dor abissal; compreende que foi ludíbrio da deusa e que agora todos zombam dele. Mas não se entrega. Permanece soberbo; sua magnitude nos impressiona. Quixote atribui o desacordo entre as coisas que via e o que viam os homens são a uma "caterva de encantadores" que os iludiria. Continua, doido e frágil, a desempenhar seu papel de objeto da zombaria alheia. Aias recobra a razão e descobre dolorosamente que a deusa Atena o iludira, mas não transige, não admite sua debilidade, trata com dureza seus amigos e continua a execrar os inimigos. O Aias-Quixote desaparece com o fim do Prólogo para emergir um Aias ríspido, intratável, grandioso. Depois da demonstração de força e da lição de Atena, Aias teima em não pensar e falar como convém aos homens. É como se lhe faltasse apenas a imortalidade para que fosse um deus.

II

O Coro, formado pelos marinheiros de Salamina que Aias conduzira a Troia, inicia o Párodo em versos anapésticos. Exulta com o sucesso de Aias — contudo algo o inquieta: corre, entre os dânaos, o rumor de que ele massacrara os rebanhos tomados ao inimigo. É Odisseu quem propala tais boatos. "E todo ouvinte / se compraz mais que o que contou / sobre tuas dores tripudiando", continua o Coro (151-3). Objeta-se a esta leitura do texto que Odisseu seria incapaz de se comprazer com os males de Aias — já o demonstrara antes, quando, mesmo exortado por Atena, se recusava a zombar de Aias. Seria então verossímil que Odisseu se alegrasse com os males de Aias? De fato não. Odisseu não se compraz com a desgraça de seu adversário. Mas não nos devemos esquecer de que aquelas palavras são pronunciadas pelo Coro. Os marinheiros, como Aias, têm contra Odisseu ferrenha prevenção, da qual tivemos uma prova nos versos 148-50: "tais palavras sussurradas forjando, / aos ouvidos de todos as leva Odisseu". Ora, sabemos que Odisseu não forjara a história que propalava: apenas repetia o que lhe revelara Atena e que ele próprio vira. No verso 190, o Coro, sem muita polidez, se refere a Odisseu como "alguém da odiosa raça de Sísifo" que estaria a manipular mentiras. É essa mesma prevenção contra Odisseu que faz o Coro proferir os versos 151-3: os nautas imaginam que Odisseu seja pérfido e exulte com a ruína de Aias; nós não precisamos supor que isso de fato ocorra.

A inveja leva os gregos a caluniarem Aias, prossegue o Coro: os poderosos, e não os pequenos, são visados por ela. O Coro lamenta a própria fraqueza — nada pode fazer pelo grande Aias; os pequenos sem os grandes são frágil defesa de uma fortaleza. Com os grandes, o fraco consegue se manter de pé; do mesmo modo o grande se ergue apoiado nos menores, afirma o Coro, desenvolvendo uma imagem tirada da arte da alvenaria: num muro sólido as pedras grandes precisam das pequenas para bem se acomodarem. Ao longo da peça, contudo, veremos que o grande Aias recusa renitentemente o amparo dos pequenos — Tecmessa e o Coro — e crê não precisar deles para nada. Se o destino dos marinheiros salamínios depende todo de Aias, este decide de seu próprio destino sem levar em conta quem quer que seja, ocupado apenas de sua honra, de sua *timé*. Ele é alheio à ideia de colaboração que o Coro, com ingenuidade e otimismo, expressa naquela imagem. Aos imbecis, continua o Coro, não se podem ensinar essas noções. Os nautas se referem aos que difamam Aias, mas — ironia trágica! — é ao próprio Aias que bem se aplica tal acusação: é ele o intransigente que não aceita a assistência dos amigos, é ele que não aprende: "estultícies pareces pensar / se meu caráter agora educar pretendes!", responde a Tecmessa quando ela lhe suplicava que cedesse (v. 594-5). O Coro ainda enfatiza a própria fraqueza, mas ressalva que, se Aias aparecesse então, seus detratores se encolheriam mudos.

Pode-se concluir dessa recitação anapéstica que o Coro, que se julga — e é — fraco e impotente, tem com Aias uma relação de completa dependência. Vimos que o Coro acredita que Aias tem sido vítima de calúnias propaladas por Odisseu; os dânaos estariam a zombar dele por mera inveja. Surpreendemo-nos, portanto, ao ouvir o Coro, no início do canto coral, alterar bruscamente o rumo de seu pensamento: abandona a hipótese de que Aias é caluniado por invejosos e passa a buscar possíveis explicações para o massacre dos rebanhos: Os nautas parecem admitir, então, que seu chefe perpetrou aquele feito. E o motivo de tão insensata ação teria sido a intervenção de algum deus que Aias ofendera: ele teria defraudado Ártemis dos espólios que lhe são devidos após caçada bem-sucedida, ou então Ares ou Eniálio se teria vingado de alguma ofensa por meio de maquinação noturna. Jamais Aias se extraviaria tanto — ao menos voluntariamente (*phrenóthen*); se cometeu tal ato foi porque alguma loucura enviada pelos deuses o subjugara. O Coro pressente a verdade, seu palpite é quase exato. Mas abruptamente o tema da calúnia retorna, sem qualquer transição, logo depois de mencionada a demência divina: "(...) Mas que afastem / Zeus e Febo a argiva maledicência!" (v. 186-7).

Vê-se que o Coro hesita e se contradiz. O Párodo se encerra com uma exortação para que Aias abandone o torpor e se defenda da insolência de seus inimigos.

Inicia-se o Primeiro Episódio com um *kommós* entre Tecmessa, mulher e cativa de Aias, e o Coro. Tecmessa sabe que Aias saiu à noite e trouxe para a barraca animais domésticos que castigou, insultou e assassinou, mas ignora que animais sejam esses. Sabe que depois do massacre dirigia a palavra, gargalhando, a alguma sombra — trata-se do diálogo do Prólogo entre o herói e Atena; Tecmessa, que não via nem ouvia a deusa, pensa que Aias falava sozinho. Já o Coro tinha ouvido os boatos de que Aias arremetera contra os rebanhos dos dânaos e os destroçara, mas custa-lhe crer que isso seja verdade. Tecmessa o confirmará. O Coro revelará a ela de onde veio o gado e que boatos se propalam contra Aias. O Coro pensa em escapulir, teme a reação dos Atridas quando souberem os fatos, receia ser lapidado junto com Aias. Tecmessa mantém-se sóbria. Os marinheiros, cuja compreensão dos fatos é limitada, revelam alguma obtusidade. Quando Tecmessa afirma que cessou a crise de loucura, creem que tudo se resolverá para o bem. A cativa o desengana: antes eles sofriam pelos males de Aias, mas este regozijava na ilusão do triunfo; agora o mal é duplo: eles sofrem como antes — e também Aias, que já recobrou a consciência, está transtornado.

Dom Quixote, depois de atacar rebanhos, recebe alguns safanões dos pastores, apruma-se e parte para novas aventuras, louco e feliz, orgulhoso de sua condição de cavaleiro andante. Aias não. Ele recobrou a consciência e foi forçado a contemplar, são, sua obra demente. O pior não é a loucura, parece dizer Tecmessa, mas despertar da loucura, encontrar sua casa conspurcada por carnificinas bestiais e não se lembrar de nada.

O Coro pergunta qual é a origem daqueles males. Tecmessa responde, descrevendo minuciosamente tudo quanto testemunhara na noite anterior: Aias se aprontava para sair no início da noite, narra Tecmessa. Esta o interpela; ele com aspereza lhe recomenda que se cale. Aias retorna tangendo, atados, rebanhos e cães que decapita, degola, suplicia como se fossem homens. Gargalhando, dirige gabolices a alguma sombra. Recobra, enfim, a razão.

Na *Poética*, Aristóteles define "peripécia" como a mudança da ação em seu contrário, e "reconhecimento" como a mudança da ignorância para o conhecimento (1452a). Uma das espécies de reconhecimento consiste em alguém reconhecer que fez algo ou não o fez. O relato que faz Tecmessa do despertar de Aias é, desse ponto de vista, relato de sombria peripécia, de reconhecimento tétrico: Aias se julgava bem-aventurado e exultava entre gargalhadas e vanglórias. Quando se dissipam as imagens ilusórias que lhe toldavam a visão, reconhece a miséria em que se encontra: descobre que não tirou desforra de seus inimigos, mas torturou animais inofensivos. "E, como viu a casa cheia de desastre, / bateu na cabeça e ganiu; entre ruínas / de ovina cruentação senta-se, / depois de densamente arrancar os cabelos com as unhas". O herói reconhece que os cadáveres de que se cerca, como de troféus, não são corpos humanos, mas os restos de animais estraçalhados. Aias, em sua peripécia, despenca de desbragada alegria para o mais lúgubre pesar. Seus gemidos são aqueles que antes ele mesmo dizia serem próprios de homens covardes e deprimidos. Aias gane. Depois que sua mulher lhe relata o que ocorrera, ele se queda a soluçar como um touro mugindo. É insofismável a comparação de Aias com suas vítimas: o Prólogo nos mostrava Odisseu a rastreá-lo como um caçador a alguma besta selvagem; aqui ele jaz inerte, domado, subjugado por seu destino — Odisseu já dizia que se apiedava de Aias porque este estava subjugado (*sygkatezeúktai* — v. 123) por extravio nefasto. Aias agora se prostra como sonolento animal doméstico entre outros animais domésticos. A descrição que Atena dele fazia no Prólogo (v. 9-10) destacava sua atividade assassina: "rosto / e mãos apunhaladoras gotejantes de suor". Aias se despediu da deusa dizendo que partia para o trabalho (v. 116). O herói, então, se desincumbia ativamente de sua tarefa de dilacerar os animais como uma fera que se precipitasse sobre os rebanhos. Agora, de novo consciente, madraça num torpor sedentário, como um boi a ruminar, na mesma apatia em que caíra logo depois da disputa das armas: "eia, levanta-te do assento onde há muito estás fixado, neste longo ócio após a luta", exorta o Coro (v. 193-5). Aias decaiu de animalidade ativa — era fera indômita, no Prólogo — para uma animalidade passiva — agora é animal domado, que gane e muge impotente. A tragédia, de agora em diante, nos mostrará o empenho de Aias em recuperar sua capacidade de ação e restabelecer sua condição heróica. Se vinha agindo como um animal, Aias buscará, doravante, morrer como um homem, já que não pode viver como um deus.

Ouvem-se, vindos de dentro da barraca, lamentos de Aias. Chama seu filho Eurísaces e seu meio irmão Teucro. O Coro pede a Tecmessa que abra a porta. Aias surge ensanguentado no *ekkýklema*, cercado de animais mortos — o homem e sua obra infame. Vendo o Coro, Aias experimenta algum alívio. Saúda-os como seus únicos amigos, cujo auxílio requisita então — para se matar (v. 361). Desde que recobrou a consciência, Aias já tem em mente a ideia de se suicidar. Refere-se a si mesmo com impiedoso escárnio: "vês o ousado, o corajoso, / o intrépido em devastadoras batalhas, / com meu terrível braço — entre feras imbeles?" (v. 364-7). Lamenta ter deixado escapar sua presa; roga a Zeus que ainda lhe permita matar Odisseu, que deve estar gargalhando de prazer. Não se arrepende de ter arremetido contra seus companheiros; o que o aflige é o malogro do ataque. Se pudesse, mesmo agora, mesmo assim arruinado, tentaria de novo massacrá-los. Depois disso, poderia morrer (v. 391). Suplica ao Érebo que o leve: "Ó / treva, minha luz, / ó Érebo, o mais luzente para mim, / leva, leva-me..." (v. 393-5). Os opostos aparecem aqui não em ordenada alternância, como no terceiro monólogo de Aias, mas ainda misturados, confundidos em oxímoros perturbadores. Aias ainda não percebeu que no mundo em que vivemos luz e treva se alternam em harmoniosa sucessão. Para ele, a luz é treva; a treva, luz — assim como nele se confundem, com toda intensidade, o divino e o bestial.

O herói não mais pode recorrer nem aos homens, nem aos deuses: a filha de Zeus o maltrata. Dirige-se, então, à paisagem que o cerca, despedindo-se e também relembrando seu valor bélico (v. 421-7): a paisagem troiana foi testemunha da glória de que agora se vê privado.

Nesse ponto Aias profere o primeiro de seus quatro grandes monólogos (v. 430-80). Lamenta que, bem-nascido e poderoso, tenha sido privado de sua *timé* e que tenha malogrado sua vingança contra aqueles que o defraudaram do que lhe era devido. *Aiaî* é a dolorosa interjeição que abre o monólogo; Aias percebe a ligação íntima entre seu nome e seu destino. *Aî* é, em grego, interjeição que indica lamúria ou dor. O jogo de palavras entre *Aías* e *aiaî* prossegue quando o herói afirma que só lhe resta *aiázein* (gritar *ai*;

"aiar" em português). Essa passagem não é mero circunlóquio jocoso, não é inofensiva brincadeira com palavras: é de profundo significado a identidade entre o nome do herói e a interjeição de dor. Para os gregos, os jogos de palavras não são frívolos, porque preservam o sentimento primitivo de que é significativa, e não acidental, a conexão entre a pessoa e seu nome: os nomes de Penteu, Eteócles ou Polinices estão intrinsecamente ligados ao destino trágico que lhes cabe cumprir. Aias percebe que seu gemido doloroso contamina-lhe o nome com um sentido novo, de modo que *Aias* e *ai* fiquem indissoluvelmente ligados: não mais será possível dizer *Aias* sem expressar ao mesmo tempo o lamento de dor que o nome carrega.

Em seguida o herói passa a lamentar a *atimía* que lhe infligem os argivos, comparando-se com seu pai: ambos atacaram a mesma região, com forças equivalentes; ambos realizaram proezas em batalhas; o pai obteve troféus e glória, mas ele não tem reconhecimento algum da parte de seus pares. Seu modelo de heroísmo é o pai; a vergonha por sua *atimía* sobressai no contraste com a *timé* paterna. Contudo Aias, ainda que desonrado, tem certeza de que caso Aquiles, se estivesse vivo, devesse decidir da primazia de algum guerreiro argivo, ele arrebataria suas armas. A especulação de Aias tem uma nuance de gabolice macabra: como ele arrebataria as armas de Aquiles vivo? Suas armas foram postas como prêmio porque ele morrera; pretender privá-lo, vivo, delas, seria atitude arrogante e violenta. Aias permanece *hybristés*, continua a pensar e falar com soberba. Aias já dissera, pouco antes (v. 423-6), que Troia nunca vira, no exército grego, um soldado comparável a ele mesmo — o que é estranho, pois havia unanimidade em considerar Aias o melhor *depois* de Aquiles (*Ilíada*, II, 768-9; XVII, 280; Alceu, fr. 15-Diehl; *Aias*, v. 1340-1). Entrevê-se em Aias alguma frustração pelo fato de ter vivido sempre como o segundo, sempre à sombra de Aquiles. Compreende-se que seja insuportável seu sentimento de *atimía* ao constatar que, mesmo com Aquiles morto, ele continuará a ser apenas o segundo.

Os Atridas, prossegue Aias, usurparam as armas em favor de um velhaco, e se Atena não o tivesse enganado, ele os teria matado. Mas eles se esquivaram e agora escarnecem. Observamos que o lamento de Aias tem dois objetos: lamenta-se porque, sendo valoroso, não foi honrado por seus companheiros (v. 430-46) e ainda lamenta que, decidido a vingar-se dos que o desonraram, Atena o tenha estorvado. Sua desonra é dupla: foi privado dos troféus que merecia e malogrou na tentativa de se vingar. Esse malogro amplifica a primeira desonra e a torna ridícula; além de estar privado da *timé*, Aias é agora objeto de zombaria coletiva. É irônico que Aias insista na zombaria de que é vítima (v. 367; 379-82; 454-5), incluindo explicita ou implicitamente Odisseu entre os zombeteiros: Odisseu justamente recusara-se a rir de Aias, quando a própria Atena o exortava a fazê-lo (v. 79-80); Aias, ao contrário, durante o massacre dos rebanhos manifestava grande prazer com a perspectiva de supliciar Odisseu (v. 105-6) e, gargalhando, se vangloriava de sua façanha (v. 303). Agora acredita que seus inimigos riam dele como ele ria antes.

Veremos agora Aias imerso numa sóbria, cuidadosa e crucial deliberação: trata-se de responder à pergunta "e agora, o que se deve fazer?" (v. 457). Já manifestara antes, exaltado e abrupto, seu desejo de aniquilamento; agora retoma a questão com ponderado vagar. A conclusão a que chegará, já a conhecíamos (v. 361; 391; 394 sqq.; 416-7): só lhe resta morrer. O tom do monólogo, contudo, é agora bem diferente: o raciocínio substitui a paixão; alternativas são cuidadosamente examinadas; a conclusão tem a força de uma demonstração filosófica. Aias adota o pressuposto inegável de que é odiado pelos deuses, pelo exército grego e pelo troiano. Isso abrange praticamente todos os laços que tem no mundo, nos planos social e religioso — mas não há uma só palavra sobre sua família e seus amigos, sobre Tecmessa e os nautas de Salamina, que tanto dependem dele. Eles não contam; não entram no cálculo. Esse fato é significativo para a composição do caráter da personagem: Sófocles está a mostrar, pela primeira vez na peça, o herói consciente e sereno, a refletir sobre um assunto crucial.

O que deve Aias fazer, se é odiado por gregos, troianos e deuses? A hipótese de abandonar o exército argivo e partir é logo rejeitada: Télamon não suportaria vê-lo chegar desonrado, sem prêmios. Dos dois motivos de lástima há pouco expostos — o fato de ter sido defraudado das armas de Aquiles e o fato de ter malogrado sua vingança — apenas o primeiro, a seus olhos, o envergonharia diante do pai: Aias não pode regressar sem troféus, pois Télamon obtivera os maiores. Uma segunda possibilidade se abre para Aias: atacar sozinho os troianos e, depois de realizar gloriosa façanha, morrer. Tal investida seria condizente com o código heroico, mas há uma razão decisiva para Aias não a empreender: isso poderia agradar aos Atridas. Deve-se observar que Aias renuncia a um ato que lhe daria grande glória apenas porque tal feito talvez agradasse aos Atridas. Muitos estudiosos têm enfatizado o apego de Aias ao velho código heroico. Aqui, todavia, Aias desiste de uma empresa perfeitamente louvável do ponto de vista do código de honra — morrer atacando destemidamente a cidadela inimiga — e mais tarde suicida-se sozinho, de um modo que, se não é infame, é ao menos inócuo sob a óptica do código heroico. É tortuoso o heroísmo de Aias. Em sua fidelidade cega ao código, em sua observância estrita do "fazer o bem aos amigos; aos inimigos, o mal", Aias troca uma morte heroica por uma morte sem glória. Não quer agradar a inimigos, logo não pode atacar Troia: Troia é inimiga de seus inimigos. Seus velhos amigos são agora inimigos; para não fazer o bem aos novos inimigos, Aias não pode fazer o mal aos velhos inimigos. Está paralisado. O impasse, contudo, será resolvido com o rigor de um silogismo: ele afirma que deve realizar um ato com que mostre a seu pai que não é covarde (mas já vimos que não há nenhum ato heroico que ainda possa fazer). É vergonhoso um homem precisar de longa vida. Ao homem de boa raça convém ou viver nobremente ou morrer nobremente. Aias não explicita a conclusão, mas ela é evidente: dadas as premissas — não há nenhum ato nobre que Aias possa realizar, deve-se ou viver com nobreza ou morrer com nobreza — o desenlace se impõe com necessidade lógica. Aias vai se matar. "Ouviste tudo", conclui.

 O Coro compreende e suplica, em vão esforço dissuasório: "abandona estas ideias!" Tecmessa compreende e busca demovê-lo com um comovido discurso. O modelo da cena é o encontro de Heitor e Andrômaca (*Ilíada*, VI): Andrômaca, com seu filho pequeno, buscava — em vão — persuadir o marido a não expor a vida em batalha. A semelhança entre as duas cenas torna manifestas algumas diferenças importantes: na *Ilíada* predomina a familiaridade e afeição entre os esposos. Se Heitor não atende ao pedido de sua mulher, ao menos lhe responde com ternura. Ele compreende e respeita as inquietações de Andrômaca. No Aias

Tecmessa fala a um homem que sequer a escuta. Aias só se dirige a ela com aspereza e impaciência, ignorando cada palavra de seu apelo. Tecmessa principia com um convite à resignação (v. 485-91), apresentando como exemplo sua própria vida: de filha de rico e poderoso rei, torna-se escrava, capturada na guerra. Em seguida, busca compungir o herói: prevê os sofrimentos a que será exposta, com seu filho Eurísaces, se Aias morrer (v. 492-505), e o abandono em que ficarão os pais deste (v. 506-9). Volta a mencionar Eurísaces (v. 510-3) e seu próprio destino de cativa desamparada (v. 514-9). Conclui com um apelo à gratidão (v. 520-4): se ela algum dia lhe proporcionou prazer, ele deve retribuir com gratidão — deve agora ceder a suas instâncias. Tecmessa, contudo, não roga sentimentalmente que Aias, renunciando aos rígidos valores heroicos, se converta em comportado e amoroso pai de família. Ela o conhece. Sabe que é o código heroico — e nada mais — que orienta seus atos. Vergonha e honra movem Aias — não amor, dó ou gratidão. Sua argumentação, portanto, tem como fundamento aqueles valores heroicos: alguém insultará Tecmessa quando for escrava de outro, "mas para ti e tua descendência abjetos serão esses ditos", diz ela (v. 505-7), "envergonha-te (*aídesai*) de abandonar teu pai (...) e envergonha-te de abandonar tua mãe"; "aquele cujas lembranças de boa experiência se esvaem, / não se pode dizer ainda que seja homem bem-nascido (*eugenés*)" (v. 523-4). Os valores que subjazem à argumentação de Tecmessa são aqueles mesmos que orientam Aias. Ela não lhe roga simplesmente que tenha compaixão dos seus, mas indica quão vergonhoso para ele seria não demonstrar compaixão; ela não lhe suplica que conserve a lembrança dos prazeres que experimentaram juntos, mas afirma que não fazê-lo não é ato de *eugéneia*. O homem bem-nascido tem deveres aos quais não pode se esquivar. Tecmessa habilmente funda sua súplica em noções do código heroico. Mas o uso de tais conceitos fora do contexto bélico teria algum efeito sobre Aias? Para um herói como Aias, a *eugéneia* se afirma em situações de batalha, não nas relações familiares. E — como sugeriu o primeiro monólogo do herói — a desonra de se continuar a viver seria maior que a desonra por ter abandonado ingratamente seus parentes. A resposta ao que diz Tecmessa no verso 505 ("para ti e tua descendência vergonhosos (*aiskhrá*) serão esse ditos") já fora prefigurada em 473: "é vergonhoso (*aiskhrón*) um homem precisar de longa vida". Tecmessa garante que não se lembrar de quem lhe deu prazer não é coisa de homem bem-nascido (*eugenés*, v. 524); Aias já asseverara que "ou nobremente viver ou nobremente morrer / ao homem bem-nascido (*eugenê*) convém" — e concluíra peremptoriamente: "ouviste tudo" (v. 479-80), o que significa que ele dera por encerrada a questão, que não admitiria contestação alguma, que nada mais havia a dizer. A súplica ulterior de Tecmessa é simplesmente ignorada. Aias permanece inabalável, como se não tivesse ouvido uma só palavra. Não responde aos argumentos de Tecmessa; apenas lhe dá ordens e exige obediência. Quer ver seu filho; Eurísaces é trazido por servidores e Aias o toma nos braços — como Heitor, na *Ilíada* (VI, 466 sqq.), segura Astíanax.

Aias profere, então, seu segundo monólogo. Manifesta o desejo de que Eurísaces seja igual ao pai em tudo — exceto na má sorte. Causa-nos certo espanto o fato de Aias sequer suspeitar de que talvez tenha cometido algum erro e os deuses o estejam punindo, com justiça, por alguma falta pretérita. Mesmo que o espectador ainda não saiba por que Aias caiu, desconfia que tenha sido castigado por algum ato condenável: o deus grego não maltrata gratuitamente um mortal. Aias, todavia, não vê crime algum em sua conduta passada: deseja que o filho tenha a mesma formação que ele, contanto que seja mais feliz: sua ruína se deveria a mera má sorte. Tendo um pouco mais de sorte, Eurísaces deve se assemelhar ao pai em tudo, roga Aias. O herói afirma invejar a ignorância do menino, que ainda não pode distinguir alegria e dor. Quando for adulto, continua Aias, seu filho poderá castigar os inimigos do pai; até lá, deve nutrir a alma infante, para alegria de sua mãe. Tais palavras revelam surpreendente ternura: começamos a perceber que Aias não é apenas um gigante brutal. Sófocles já prepara nosso espírito para o próximo monólogo: quando Aias revelar que sente pena de deixar sua mulher viúva e o filho órfão, saberemos que não mente. Sua afeição é sincera — mas abstenhamo-nos do erro de supor que tal afeição possa determinar seu comportamento: a motivação do herói é sempre o código heroico. Aias conclui brevemente: dirige-se ao Coro e dispõe de seus bens; devolve o filho a Tecmessa e reprova-lhe a choradeira. Pede, enfim, que se fechem as portas da barraca.

O sentido do discurso de Aias é cristalino: são as últimas palavras de um homem que se prepara para morrer. Tecmessa o sabe e busca dissuadi-lo. Aias rebate com aspereza as instâncias da mulher: exige que se cale, diz que ela o importuna, garante que rogos não o podem persuadir. Manda que fechem as portas. O Coro, oprimido, entoa canto angustiado. Mas, simplório, não pressente o suicídio de Aias. Tampouco percebe que seu acesso de loucura já cessara: lamenta justamente o fato de que o herói esteja ainda demente e antevê a dor dos pais quando souberem que o filho ensandecera. A morte seria preferível à loucura, comentam os nautas (v. 635). O Coro, composto de gente comum, é incapaz de compreender as exigências que a moral heroica impõe a seu chefe; o Coro é alheio ao código heroico. Ignora que não há, para o herói em tal situação, saída honrosa exceto o suicídio. A obstinação em não ceder, em não se reconciliar com os outros aqueus, é interpretada pelo Coro como loucura. O que os nautas deploram é a suposta vesânia do herói, e não seu iminente suicídio.

O escoliasta (no verso 646) observa que Aias, apesar de não mais estar demente, caminha para o pior. O espectador, no teatro de Dioniso em Atenas, espera o surgimento de algum mensageiro que traga más notícias. Então Aias retorna e parece que tudo mudou. O herói profere seu terceiro monólogo, e todas as expectativas tétricas se frustram: ele anuncia que se reconciliará com os Atridas. Aias mudou de ideia? O Coro, crendo que agora — e apenas agora — a doença se havia esvanecido e que Aias estava disposto à reconciliação, exulta e, em canto álacre (um *hypórkhema*), saúda a mudança. Mas Aias surge de novo, sozinho. Está à beira-mar. Tem a espada enterrada no chão — com a ponta para cima. Despede-se dos deuses e dos locais que viram sua glória. Suicida-se enfim. O que significa tudo isso? Qual o sentido dessas reviravoltas? Não há uma palavra no texto que explique a mudança que se opera entre o segundo e o terceiro monólogos, nem a que ocorre entre este e o suicídio de Aias. O herói parecia estar resolvido a morrer. Sai da barraca e anuncia que não se matará. Aparece em seguida e se suicida. Estamos diante daquele que alguns consideram o mais difícil problema em toda a literatura grega.

Depois do verso 595, Aias se fecha sozinho na barraca. Espera-se seu suicídio. Todavia ele sai e profere seu terceiro monólogo, num tom conciliador. Espera-se, agora, sua reconciliação com os Atridas e com os deuses, antevê-se o fim das aflições do herói. Mas ele se mata. Como entenderemos tão inopinadas mudanças? Em primeiro lugar, podemos encontrar uma justificativa para essas cenas na economia dramática da peça. Lembremo-nos por exemplo de *Antígona*: quando Creonte finalmente transige e manda soltarem Antígona, o Coro entoa um canto alegre. Mas a decisão de Creonte veio tarde demais: Antígona e Hémon estão mortos; logo que o Coro termina seu canto um mensageiro o anuncia (1155 sqq.). Dor e lamúrias sucedem o júbilo. Estrutura análoga se verifica nas *Traquínias*: Dejanira acredita que resgatará o amor de Héracles com o presente enfeitiçado que lhe enviara; segue-se um *hypórkhema* do Coro; imediatamente depois já se pressente o desastre (663 sqq.). Do mesmo modo, em *Édipo Rei* o Coro se persuade de que Édipo é filho de *Týkhe* e, em aliviado *hypórkhema*, celebra a origem do rei; logo surge o servidor coríntio que revelará a Édipo sua miséria (1110 sqq.). Em *Aias* verificamos o mesmo padrão: o Coro crê que tudo se resolverá para bem; festeja, com um *hypórkhema*, o término de seus males — mas logo depois do canto coral surge o mensageiro com notícias que, fazendo antever a desgraça de Aias, toldarão a alegria de seus amigos.

Há certa analogia na estrutura dramática dessas tragédias sofoclianas. Há uma pausa aliviada, um breve intervalo em que bruxuleia alguma esperança, antes que o desastre implacável se precipite sobre as personagens. É como se a Desgraça se detivesse a tomar fôlego antes de desferir o golpe derradeiro sobre suas vítimas indefesas. O efeito dramático de tal adiamento é poderoso. A alegria ilusória, efêmera, que precede o desfecho ruinoso sublinha a ideia da fragilidade e desamparo dos mortais.

Vemos que há, portanto, uma justificação funcional para o terceiro monólogo. Ele tem uma função bem definida na arquitetura da ação dramática. Todavia ainda não começamos a resolver nosso problema: é certo que aquelas cenas têm certo efeito dramático, mas ainda não deciframos o sentido delas, ainda não sabemos o que motivou Aias a agir como agiu. Devemos descobrir onde está a coerência — se é que há alguma — na ação do herói. Não nos basta constatar que o terceiro monólogo obedece a uma exigência dramática: a ação dramática deve ter consistência, deve ter sentido;

não é encadeada arbitrariamente com o único propósito de produzir efeitos impressionantes. Como, então, podemos atinar com o sentido dessas reviravoltas? Aias havia decidido morrer; pronuncia um discurso em que parece anunciar que seu propósito mudou; finalmente, sem nenhuma explicação, se suicida. O que Aias realmente quis dizer entre os versos 646 e 692? Estudiosos têm dado conta da dificuldade de três modos: ou Aias mente no terceiro monólogo, ou é sincero mas muda de ideia mais tarde, ou é sincero e é mal interpretado pelos que o ouvem.

Analisemos a primeira hipótese: Aias buscaria deliberadamente iludir os ouvintes. Ora, nada no texto nos diz que Aias tenha tido o propósito de enganar alguém. Essa hipótese foi criada para dar conta das dificuldades que apresenta o terceiro monólogo. O mínimo que se deve exigir dela, então, é que resolva essas dificuldades — e penso que não as resolve.

Para que seja satisfatória a hipótese de que Aias mente, seus defensores devem responder a uma pergunta fundamental: por que Aias mente? A tese é completamente absurda se Aias mente sem motivo algum. É preciso que tenha boas razões para mentir. Alguns comentadores alegam que o herói mente porque sente pena de Tecmessa. O problema de tal explicação é que nada explica. Em que o fato de ser enganada ajuda Tecmessa? Seria razoável (embora incorreto) supor que a compaixão fizesse com que Aias renunciasse ao projeto de suicídio. Ora, segundo tal hipótese, Aias não só se mata mas ainda, antes de fazê-lo, teria mentido a sua mulher e seus amigos? Há, nesse ato, alguma piedade por eles? É tolice pensar que a mentira poderia poupar Tecmessa. O que há de arruiná-la é o ato concreto de Aias, seu suicídio. Acaso Aias melhora a situação da mulher iludindo-a e se matando meia hora depois? Não, não podemos admitir que Aias tenha enganado Tecmessa por piedade, pois uma ilusão de alguns minutos não é ato piedoso. A própria Tecmessa, quando descobre que se enganara quanto ao propósito do herói, não manifesta nenhuma satisfação pelo engano (v. 807-8).

Em oposição àqueles que atribuem à suposta mentira do herói uma motivação emocional — a piedade que sentiria por Tecmessa — há quem lhe atribua uma motivação prática: engana seus amigos para que eles o deixem sozinho e ele possa sem estorvo cometer o suicídio. Esse ponto de vista se esboroa à luz das evidências textuais. Quando Aias quis sair da barraca na noite do massacre e Tecmessa lhe apresentou algumas objeções, ele a manda — ainda que proverbialmente! — calar a boca. Tecmessa se resigna e obedece imediatamente (v. 293-4). Quando exige que lhe tragam o filho, Tecmessa aquiesce (v. 530 sqq.), apesar do receio de que Aias fizesse algum mal à criança. Antes (v. 525 sqq.) o Coro pedira ao herói que se compadecesse de Tecmessa; ele responde que aprovará a mulher se ela se limitar a executar o que lhe for ordenado; Tecmessa demonstra imediata resignação: "a tudo eu obedecerei!" (v. 529). Suas respostas a Tecmessa, que debilmente buscava dissuadi-lo de se matar, foram imperativas, ásperas e peremptórias (v. 585 sqq.). Ao final do Primeiro Episódio, Aias ficou sozinho na barraca, e era de se supor que lá cometesse o suicídio. Tecmessa e o Coro não impediram — como poderiam fazê-lo? — que ele ficasse só na barraca e lá desse fim a sua vida. Seria porventura razoável supor que, depois disso, Aias saísse da barraca e proferisse um discurso mentiroso para poder ficar sozinho? Essa sugestão parece ser completo desatino. Aias não precisa forjar mentiras para que o deixem em paz: basta-lhe ordenar. Já o fizera antes, ao final do Primeiro Episódio, e seus amigos docilmente o deixaram só na barraca. É correto o argumento de que Tecmessa e o Coro não teriam força física para opor resistência a Aias; mas o ponto central, aqui, é que eles não teriam sequer força moral para se lhe opor: falta-lhes autonomia, falta-lhes autoridade, falta-lhes *punch*.

Também é um tanto tola a sugestão de que Tecmessa e o Coro talvez não conseguissem estorvar Aias, mas seus gritos atrairiam o resto da tropa, que frustaria o suicídio do herói; esse suicídio malogrado aumentaria ainda o vagalhão de sarcasmo, de ultrajes e de insultos que o submergia. É concebível que este herói, que há pouco cogitava de, sozinho, tomar de assalto a fortaleza de Troia, agora se intimide diante da possibilidade de o Coro chamar os outros gregos? É concebível que tal herói saia da barraca receoso e busque iludir seus amigos para que não atraiam o resto da tropa? É razoável supor que alguém — mesmo se se tratasse de todo o exército grego — poderia impedir a morte de Aias e expô-lo a maior ridículo? Não. Admitindo que o Coro gritasse e que os outros gregos acorressem, seria verossímil imaginar que Aias lutasse até a morte — o que seria glorioso para ele — e não que se deixasse apanhar como uma criança flagrada em vergonhosa traquinagem. Aias, então, não precisa enganar; não há, na peça, necessidade da mentira: ela seria uma excrescência na ação dramática. Há, sim, a necessidade dramática de que Tecmessa e o Coro se enganem, como já vimos, para que se obtenha o efeito de retardamento do desfecho ruinoso — mas não precisamos, por isso, supor que Aias tenha pretendido enganá-los de propósito.

Alguns críticos acreditaram que, se Aias não mente, então deve ter sido sincero: de fato teria renunciado ao projeto de suicídio e haveria de se reconciliar com seus inimigos. Essa leitura entende que o sentido da fala de Aias é exatamente aquele que lhe atribuem Tecmessa e o Coro. O problema é que Aias afinal comete suicídio. Ora, se Aias foi sincero quando disse que renunciara aos planos funestos mas, pouco depois, suicida-se, a única hipótese que o explica é a de que teria mudado de ideia. Mas nada no texto sugere que isso tenha ocorrido. Além disso, é disparate supor que um herói sofocliano altere seu propósito com tanta facilidade. Um dos traços característicos dos heróis de Sófocles é a intransigência, a rigidez do caráter, a teima em nunca ceder, em não aceitar compromissos, em não alterar seus propósitos. Édipo, Antígona, Creonte ou Aias arruínam-se, mas não transigem.

Sabemos, então, que as palavras dele são sinceras — pois ele não precisa mentir — mas não devemos entendê-las como Tecmessa e o Coro as entenderam — pois Aias não alterou seu propósito. Qual é, então, o sentido daquilo que o herói expõe?

Aias principia o terceiro monólogo com afirmações genéricas de caráter filosófico (v. 646-9). O tempo mostra o que se ocultava e logo o esconde de novo; nada é inesperado: nem mesmo juramentos ou as vontades mais firmes perduram. Ele acaba de compreender a ordem que rege o universo: tudo é instável. Devemos notar que as palavras do herói não indicam nenhuma adesão aos princípios que ele enuncia: Aias apenas constata qual é, neste mundo, o curso das coisas. Logo passa do genérico ao particular (v. 650-68) e expõe sua própria situação: confessa que ele, que tinha terrível firmeza, efeminou o fio da fala por Tecmessa. Tem pena de deixá-la viúva e seu filho, órfão, entre inimigos. Aias, até aqui, nada disse sobre seu propósito: afirma que sua fala se abrandou (e podemos observar que de fato se abrandou) e que tem pena de abandonar mulher e filho — mas não diz que não os vai abandonar. Aias se enterneceu, abandonou a rispidez verbal e, com sincera afeição, pensa no desamparo futuro de Tecmessa e Eurísaces. Todavia, embora o herói se tenha compadecido, seu propósito de suicídio não se abala: a frase seguinte, que enuncia aquilo que de fato fará, começa com uma partícula adversativa: *allá* (v. 654). Aias diz que sua fala se amenizou, que de fato sente pena de Tecmessa e Eurísaces, mas irá à beira-mar para se purificar e fugir à ira de Atena. Purificará sua mácula e escapará à cólera da deusa morrendo; Tecmessa e o Coro pensam que o fará reconciliando-se com seus inimigos.

Aias prossegue: ocultará sua espada, para que ninguém mais a veja. Tecmessa e o Coro, singelamente, creem que o herói a enterrará no solo — sim, ele enterrará, mas só o cabo; a lâmina se ocultará em seu próprio flanco. A espada de Aias tem, em vários planos, profundo significado simbólico. Aias e Heitor, interrompendo combate singular, trocaram presentes (cf. *Ilíada*, VII); Aias presenteou Heitor com seu cinturão e dele recebeu a espada. Aias já se comparou à espada (*Aias*, v. 651); agora, morrerá por meio dela: é símbolo do próprio Aias. Foi forjada pelas Erínias (v. 1034): é como se tivesse ação independente como ministro da justiça divina. Presente de Heitor, inimigo dos gregos, representa a moral da amizade e é, enquanto tal, não apenas instrumento, mas também causa de sua morte, pois Aias rejeita um mundo em que a concepção heróica de amizade esteja superada por nova visão, em que inimigos se tornam amigos; amigos, inimigos. Com a espada de Heitor, inimigo tornado amigo, Aias atacou seus amigos tornados inimigos e foi humilhado por Atena; agora restabelecerá sua moral de amizade e inimizade: será morto pela espada de Heitor, assim como este foi arrastado até a morte, preso ao carro de Aquiles, com o cinturão que Aias lhe oferecera. Cada um morre por meio do presente que lhe dera o outro: o combate entre ambos, interrompido pela troca de presentes, se conclui agora. A dignidade heroica de Aias é assim recuperada: o herói reinterpreta o simbolismo da espada; o dom de inimigo tornado amigo (símbolo da nova moral) se converte em funesto presente de inimigo odioso (símbolo da antiga moral).

A Noite e o Hades guardarão a arma funesta — mas apenas quando ela for enterrada junto com o herói, como ele prescrevera (v. 577). Desde que a recebeu do inimigo Heitor, prossegue Aias, não mais obteve bens dos argivos; presentes de inimigos não são presentes e não servem para nada. Por isso (*toigár*), continua o herói, "no futuro saberemos aos deuses ceder (*eíkein*) e aprenderemos a venerar (*sébein*) os Atridas" (v. 666-7). É essa a passagem que, no monólogo, mais estupefaz o leitor. Estaria Aias a afirmar peremptoriamente que venerará seus maiores desafetos? Não. Há evidente ironia no uso de *sébein*, verbo que se refere à reverência devida aos deuses. Mas o que sugere com clareza o sentido que devemos dar às palavras de Aias é o uso de *tò loipón*, "no futuro". Ora, Aias parte para a morte: não tem futuro! Quando afirma que no futuro saberá ceder aos deuses e aprenderá a venerar os Atridas, o herói na verdade diz: "não aprendi e nunca o aprenderei, pois no futuro não estarei vivo". Um Aias que venerasse os Atridas e cedesse a Atena não mais seria Aias. O uso de *toigár* no verso 666 é natural: na concepção de amizade de Aias, um amigo é um amigo; um inimigo é um inimigo; portanto (*toigár*) ele aprenderá a venerar os Atridas — amigos que se tornaram inimigos, negação da moral de amizade de Aias — só se deixar de ser Aias, só num futuro que nunca virá, pois o herói está para abandonar este mundo instável. Aias continua: os Atridas são os chefes e é preciso ceder (*hypeiktéon*) a eles, por que não? Aias passa, então, a enunciar motivos que teria para fazer-lhes concessão — exemplos da Natureza, de um mundo de alternância, em que, por turnos, uma coisa cede seu posto à outra (v. 669-76). Os exemplos são tirados de um mundo que Aias rejeita. Aqueles que o aceitam têm razões para ceder aos Atridas; Aias não. Mesmo aquilo que é terrível e firme cede ao que tem honras: o inverno ao verão, a noite ao dia, a procela à calmaria, o sono à vigília. Os fenômenos mencionados são todos exemplos de alternância, de movimento cíclico: inverno e verão, noite e dia, procela e calmaria, sono e vigília. Ora, a morte não é *the undiscover'd country from whose bourn no traveler returns?* É definitiva, dela não há retorno, ela não comporta ideia de alternância! É a permanência absoluta, a estabilidade última (não preciso lembrar que ideias como metempsicose são completamente alheias ao universo da tragédia grega). Morrendo, Aias rejeita o padrão de alternância que rege o cosmos; abandona a instabilidade do mundo para encontrar a fixidez definitiva.

Aias, prosseguindo, pergunta: "e nós, como não aprenderemos a ser sensatos (*sophroneîn*)?" (v. 677); a resposta vem logo: "pois eu, eu acabo de descobrir que / o inimigo por nós deve ser odiado tanto / quanto nos amará de volta, e que ao amigo / quererei, servindo, ajudar, na medida / que não o será sempre: para a maior parte / dos mortais é traiçoeiro o porto da camaradagem" (v. 678-83). O herói afirma ter descoberto que neste mundo a regra é que o amigo se torne inimigo e o inimigo, amigo — máxima que contradiz o princípio de fazer o bem aos amigos e o mal aos inimigos. Ora, ele deu a resposta a sua pergunta: se essa é a condição de aprender a *sophroneîn*, ele não aprenderá — não a *sophrosýne* de um mundo em que amizade e inimizade são instáveis! A prova disso é que no último monólogo manifestará inexorável ódio por Heitor e açulará as Erínias contra os Atridas e os outros gregos: quem se tornou inimigo de Aias, sempre será tido como inimigo. Amizade e inimizade estão sujeitas a mudança, mas quanto a isso as coisas estarão bem, conclui Aias — ou seja, ele não aquiescerá a um universo em que tais princípios sejam regra (a conjunção adversativa o indica com clareza). O solilóquio termina aqui (v. 684); o herói finalmente se dirige à mulher e ao Coro, instando-os a rogar aos deuses que realizem aquilo que ele almeja. Ele irá aonde deve ir, conclui, e seus amigos descobrirão que, mesmo padecendo, está salvo (v. 691-2). Não menciona explicitamente seu suicídio próximo, mas o sentido de suas palavras é transparente. Em várias ocasiões ele já manifestara abertamente seu propósito de cometer suicídio; para ele isso são favas contadas e não há a menor necessidade de repetir que se dará a morte. O verbo *poreúomai* pode se referir ao caminho para o Hades; a construção impessoal com o adjetivo verbal sugere que se trata do trajeto que deve ser percorrido por todos nós. Quanto ao particípio *sesosménon* ("salvo"), é evidente que para ele a morte é a salvação.

Não nos devemos enganar quanto ao sentido desse monólogo. Aias logo cometerá suicídio, e seu discurso final (v. 815-65) não sugere nenhuma mudança em seu propósito: desde que desperta da loucura, mantém inabalável a intenção de suicidar-se. É preciso confessar, contudo, que o terceiro monólogo é dúbio. Se Tecmessa e o Coro o entendem mal, é porque ele se presta a tal má compreensão. A ilusão dos amigos de Aias obedece a uma necessidade dramática: obtém-se um efeito de retardamento do desfecho que aumenta o impacto do desastre, em contraste com a efêmera alegria do Coro. Mas uma questão ainda não foi respondida: do ponto de vista da coerência interna da personagem, como se explica a dubiedade do terceiro monólogo? Por que razão Aias, neste ponto da ação dramática, se expressa tão ambiguamente?

Uma elegante solução desse problema foi apresentada por Karl Reinhardt (*Sophokles*; Frankfurt, 1947; trad. fr. Paris, 1971). Aias compreende a ordem do cosmos e compreende que está excluído dela. Seu espírito, contudo, diante desse sentimento de exclusão do universo, sofre um obumbramento involuntário e não a manifesta expressamente. As imagens de seu discurso são verdadeiras — há fixação na ideia de morte: "enterrar", "noite", "Hades", "região não pisada" são expressões que sugerem o verdadeiro estado de espírito do herói; porém os nexos que unem tais expressões estão, no terceiro monólogo, rompidos e substituídos por nexos obscurecedores que ocultam a verdade. A relação entre o terceiro e o quarto monólogos seria a relação entre um "velamento" e um desvelamento.

A explicação de Bernard M.W. Knox (*Word and Action*; Baltimore & London, 1979) segue a mesma linha e é também engenhosa. Aias percebe que seu firme propósito de suicídio começa a arrefecer e compreende que no universo tudo é instável; no momento em que expressa isso, contudo, seus instintos mais íntimos rejeitam sua nova postura: na tentativa mesma de formulá-la ele a abandona. As palavras que usa só sugerem morte: elas nascem das profundezas de sua natureza heroica; a organização dessas palavras num discurso, todavia, obedece às camadas conscientes de seu espírito, obedece à inteligência que acaba de compreender a natureza do cosmos. A ambiguidade do monólogo proviria do embate entre paixão e inteligência.

Não vejo senão uma leve objeção que se possa fazer às leituras de Reinhardt e Knox: têm a geometria dos grandes esquemas filosóficos; devassam a alma do herói com a sutilíssima penetração da mais fina psicologia; demonstram suas teses com o rigor do lógico e com a elegância do professor de retórica... São falsas? Não; talvez verdadeiras demais! Devemos nos lembrar de que Aias é um texto teatral e foi representado diante de uma plateia de milhares de pessoas — homens comuns! A intelecção da peça devia ser instantânea: o público não poderia rever a tragédia no dia seguinte ou ler seu texto escrito antes da apresentação. Será que Sófocles queria que os espectadores compreendessem seu Aias como Reinhardt ou Knox o compreenderam?

O texto de Sófocles não revela explicitamente o motivo da ambiguidade do terceiro grande monólogo de Aias. Temos aqui um outro plano de ambiguidade: o texto do autor é ambíguo com relação aos motivos da ambiguidade do monólogo de Aias. O que conhecemos da obra de Sófocles permite supor que isso não seja lapso do autor, mas uma opção dramática consciente. Parece que o autor deliberadamente não nos forneceu elementos para decidir a questão. Creio que esta é uma das grandezas do texto de Sófocles: alguns de seus aspectos não se esgotam em uma única leitura, é impossível reduzi-los à unidade interpretativa sem mutilá-los, sem diminuir-lhes a riqueza. Sempre haverá novas, belas e surpreendentes interpretações de aspectos do *Édipo Rei* ou do *Aias*, como sempre as haverá do *Hamlet*, por exemplo. Proporei uma explicação para a ambiguidade do terceiro monólogo — mas com a certeza de que não resolvo definitivamente o problema: ele não é para ser resolvido definitivamente.

Sabemos que Aias, monologando, expunha sua nova compreensão do cosmos. Não pretendia enganar ninguém. Sabemos também que seu propósito de suicídio permanece inabalável. Suas palavras, contudo, mudaram: são ambíguas e Tecmessa e o Coro as compreendem mal. Há uma razão técnica para essa ambiguidade: obter o efeito de retardamento. Mas quais seriam as razões do ponto de vista da construção psicológica da personagem? Por que Aias, ordinariamente tão rude e direto, se expressa agora de modo tão dúbio? Por que essas sutilezas?

Aias adquiriu novo conhecimento. Durante o tempo em que fica só na barraca, sua concepção de mundo sofre uma reviravolta assombrosa: o herói pensava viver no estável terreno do universo heroico. É claro que Aias nunca pensou que o dia não sucedesse à noite, ou o verão ao inverno. Mas só agora ele se dá conta de que no mundo só há instabilidade, na natureza e nas relações humanas. Só agora adquire consciência clara do padrão que rege as coisas no universo. O herói que cria viver em terreno absolutamente estável sente, contudo, que seu espírito começa a mudar: apiada-se da mulher e do filho. Sua resolução fraqueja. Aias percebe que tudo muda. Abruptamente, um mundo novo se lhe desvela diante dos olhos — mundo formidável, que ele contempla com admiração, mas também mundo repugnante que o enoja. Aquilo que na natureza é belo — a alternância — é, no domínio das relações humanas, odioso. Mortifica o herói a descoberta de que nenhuma amizade pode ser sólida. Mas a ordem cósmica é essa. Tudo é fluido e cambiante; o cosmos é inapreensível em seu perpétuo movimento. Aias descobre um universo que ignorava, um mundo heraclíteo que não pode ser descrito por meio das categorias rígidas de seu pensamento e linguagem, pois todas as coisas estão sempre a mudar e Aias só conhecia a estabilidade. O mundo que o herói descobre é alheio a ele; a descoberta o ultrapassa.

Para expressar o novo conhecimento, Aias não pode usar sua linguagem quotidiana de guerreiro rude e direto, linguagem apropriada ao estável e duradouro. A linguagem sólida do herói não pode falar o fugaz; a linguagem grossa não pode descrever o sutil; a fala clara não pode expressar o mundo em que tudo aparece e se oculta em turnos. Só com linguagem vaga pode o herói exprimir aquilo que para ele é inefável. Aias descobre, com o novo mundo, nova linguagem menos tosca, menos viril, mais irônica, mais ambígua — mais feminina. Ele não disse *ethelýnthen stóma* ("efeminei o fio da fala")? A fala bruta do herói cede seu posto a uma linguagem sugestiva e velada. Assim também Hans Castorp, em *A Montanha Mágica*, de Thomas Mann, é incapaz de falar de amor — sentimento que até então ignorava — em alemão, a língua que empregava ordinariamente. Não é senão em francês que dá expressão a seu amor por Claudia Chauchat. O novo sentimento que lhe invadia a alma só pôde se expressar em linguagem adequada a seu objeto; sua língua quotidiana, o rígido e austero idioma alemão, não servia para exprimir tão confuso sentimento.

No monólogo final, Aias completará seu ciclo, reassumindo o discurso rude e direto. Seu propósito não mudou. Sua linguagem muda: ajusta-se a seu objeto. O herói contempla o mundo e num *insight* o compreende. E canta veladamente o que vê.

Aias parte. O Coro entende o que queria entender — fraqueza muito humana. Exulta. Surge um mensageiro; explica que Teucro chegara. Os gregos, revoltados com Aias, ameaçam seu irmão. Os mais velhos contemporizam. O profeta Calcas aproxima-se de Teucro e lhe revela que, enquanto brilhasse o dia, Aias não deveria sair da barraca: apenas neste dia a ira da deusa o perseguiria. O sentido da predição é evidente para nós: Aias morrerá. O Coro e Tecmessa entendem que Aias pode ser salvo e que amanhã Atena não mais o estará odiando. Todos saem para procurar o herói.

A cena muda. Estamos à beira-mar; Aias tem diante de si a espada com o cabo enterrado e a ponta para cima. Despede-se dos deuses e dos lugares que conheceu. Sua linguagem é de novo rude. Evoca as Erínias contra os Atridas, contra todo o exército: que se fartem, que não poupem ninguém! Salta, enfim, sobre a espada.

Há, no quarto monólogo, inúmeras indicações de que o suicídio de Aias é entendido como um sacrifício ritual, por meio do qual se reconciliaria com os deuses. O uso de *autosphagés* (v. 841), *neosphagés* (v. 898) e *sphageús* (v. 815) o deixa claro: *spházo* é o termo técnico para o sacrifício de uma vítima. Os preparativos de Aias são aqueles de um sacrifício ritual: a espada fora afiada havia pouco (v. 820); os deuses são invocados (v. 824 sqq.). Contudo não há, nas palavras do herói, nenhum propósito de se reconciliar com Atena: ela sequer é mencionada no monólogo de despedida. Aias se reconcilia com os deuses (em 589-90 ele afirmara que já não devia serviço aos deuses), mas exclui Atena. Pensa em purificar sua mácula (o vergonhoso massacre de animais domésticos), e não a tentativa de matar os Atridas, que permanece odiando (cf. v. 835 sqq.); quanto a Atena, não pensa senão em escapar de sua perseguição: fá-lo-á morrendo, deixando de existir — pois Atena não poderá lesá-lo, morto — e não apaziguando a deusa.

Aias completa seu trajeto: no prólogo era um demente a perpetrar feitos de animalidade estúpida. Agora retira-se altivamente de um mundo que conhece e desdenha. Estava cego, golpeando cabras e ovelhas; agora compreende as leis que regem o universo e o abandona de bom grado. O novo conhecimento que o herói adquire redefine o sentido de seu suicídio. Antes, desejava morrer por não suportar a humilhação de ter trucidado animais domésticos, deixando escapar seus desafetos. Agora, deseja a morte porque conhece as leis do universo e percebe que, sendo qual é, não pode acatá-las. A motivação de seu suicídio desloca-se do plano psicológico para o metafísico. Não é a resposta de um homem indisposto com os Atridas, é uma recusa do cosmos. Aias parte sem sequer mencionar o nome de Atena. Calcas revelou que a deusa perseguia o herói porque ele desdenhara sua assistência em duas ocasiões. Antes de morrer, Aias desdenha Atena pela terceira vez. Dessa vez, ele sabe o que faz.

III

Em um artigo escrito em 1911 ("The Burial of Ajax", *Classical Review*), Arthur Platt comparou a apresentação dos carateres de *Aias* à composição piramidal das pinturas de Rafael, em que a figura principal é secundada por figuras menores à esquerda e à direita. Em *Aias*, Aias seria a figura central e Odisseu a secundária, aparecendo brevemente no início e no final. O esquema de Platt, corresponde bem a nossa primeira impressão diante de *Aias*. A peça se estrutura em três partes distintas: o Prólogo perturbador, em que o herói demente se confronta com o poder absoluto da deusa diante dos olhos atônitos de Odisseu; a parte central, mais extensa, que compreende a paixão de Aias — sofrimento, compreensão e morte; e finalmente a última parte, que trata dos debates acerca dos funerais do herói.

Todavia, a muitos parece que esse quadro não foi pintado por um Rafael, mas por algum aprendiz ainda inábil na composição das figuras: a parte final saiu bem pior do que as duas primeiras; a composição da tragédia é defeituosa. O leitor comum diria francamente que a conclusão é "chata"; muitos comentadores afirmam, com eufemismos, a mesma coisa. A opinião comum é que Sófocles prolonga artificialmente a peça após a morte do herói. Um escólio ao verso 1123 afirma que Sófocles quis esticar o drama depois da morte de Aias e assim resfriou e dissolveu o sentimento trágico. Para Platt, as últimas cenas constituem um melancólico anticlímax.

Deve-se talvez reconhecer que, depois de contemplar a magnífica figura de Aias, é penoso ter de suportar tipos como Menelau,

Teucro e Agamêmnon, travando bate-boca rasteiro numa troca de insultos e bravatas que mais parece rixa de lavadeiras. A apreciação estética da parte final tem sido negativa e é difícil encontrar quem sinceramente não a julgue inferior às cenas que a precedem. Não sabemos que interesse teve o remate da tragédia para o público ateniense do século V a.C. Os gregos tinham em alta conta as honras fúnebres; isso não significa necessariamente que a seus olhos o final da peça conservasse o interesse que tinham as duas outras partes.

O problema, penso, não é gostar ou não da parte final, não é considerá-la interessante ou tediosa, não é verificar que graça teve para o grego ou tem para nós. Isso é pessoal e irrelevante. O problema é encontrar seu sentido. Na última parte da peça, as personagens parecem pífias — com exceção de Odisseu, que contudo não possui dimensão trágica. É preciso, todavia, situar bem o problema. Gostemos ou não da parte final da tragédia, a Sófocles aprouve escrevê-la e ela deve ter um sentido. O que pretendia o autor nos dizer com esse desfecho? Não precisamos justificar Sófocles; não precisamos provar que a última parte tem a mesma grandeza trágica que as primeiras — decerto não tem. Veremos que sua grandeza é de outra ordem. Devemos investigar qual é a função dramática da parte final, o que ela acrescenta às outras e qual é o significado do conjunto.

Resumamos brevemente a ação. Após o suicídio de Aias a cena está vazia. O Coro, dividido em dois Hemicoros, entra pelos dois lados do palco, procurando Aias. Há, se quisermos, novo Párodo. É como se a peça começasse de novo. A situação de busca é análoga à do Prólogo, em que Odisseu procurava Aias. Agora, são seus amigos que o procuram. Entra Tecmessa e encontra o corpo. Há lamúrias. Tecmessa admite que a morte do herói é pungente para ela, mas doce para Aias: ele obteve o que desejava; os Atridas e Odisseu não têm, pois, motivo para vanglória (v. 966-71). Chega Teucro, nova personagem. Prosseguem as lamentações. O irmão de Aias profere, então, plangente monólogo (v. 992-1039). Deplora — é evidente — a morte de Aias (v. 992-1005). Mas passa, a seguir, a lamentar a própria sorte (v. 1006-23). Teucro conclui que não há na terra lugar onde possa se refugiar: seu pai Télamon não lhe perdoará o fato de ter permitido o suicídio do irmão. Como o receberia seu grave pai? Nem os que retornam vitoriosos são acolhidos por Télamon com doce sorriso, prossegue Teucro. Como para Aias (v. 434 sqq. e 462 sqq.), também para Teucro é o pai a figura exemplar em que se espelha, pela qual mede seus atos. A vergonha que sente por seu malogro é deflagrada pela lembrança do pai. Teucro continua: o pai acusá-lo-á de se ter covardemente furtado ao dever de proteger o irmão, ou — pior — suspeitará que com dolo tenha permitido a morte de Aias, para se tornar único herdeiro. Já que em casa não terá boa acolhida, Teucro volta seu pensamento para a terra de Troia. Contudo lá não encontrará amparo, mas só inimigos, lamenta Teucro. O irmão bastardo conclui sua fala afirmando que os destinos de Aias e Heitor foram decerto traçados pelas Erínias: cada um morrera por intermédio da arma com que o outro o presenteou.

Tal monólogo de Teucro é simétrico ao primeiro monólogo de Aias. Este, então, lamentava que não poderia voltar para casa, pois seria mal recebido pelo pai (v. 460-6); o mesmo faz agora seu irmão (v. 1006-20). Aias constatava que em Troia o odiavam tanto seus pares gregos quanto o inimigo troiano (v. 458-9); Teucro sabe que em Troia só tem inimigos (v. 1021-2). A pergunta que aflige Aias é "o que fazer?" (v. 457, "*tí khrè drân*"); Teucro se propõe a mesma questão (v. 1024, "*tí dráso*"). A inevitável comparação entre as duas personagens faz ressair a fidalguia de Aias e evidencia a estreiteza de seu irmão. Aias, cumulado de males, busca ainda honrosa resposta que restaure sua *timé*, que restabeleça sua dignidade heróica. Teucro está diante do desgraçado suicida e só se preocupa em salvar a própria pele. Aias padecia de sofrimento abissal — uma deusa inclemente o perseguia, arruinando-o brutalmente. Nessa perspectiva, não se pode deixar de considerar pífios os problemas que incomodam Teucro.

Abruptamente irrompe então Menelau, um dos Atridas. Proíbe o enterro: o cadáver do traidor deve ficar exposto. Aias, vivo, não obedecia aos chefes; morto, submeter-se-á, garante Menelau. As leis só vigem onde reina o temor, prossegue o Atrida, com ares de Maquiavel *avant la lettre*. Medo e pudor garantem a governabilidade de cidades ou exércitos. Menelau assevera que o homem deve se submeter à autoridade, caso contrário, sucumbirá: para o homem — mesmo para o homem forte — tudo é transitório, tudo se alterna; Aias era insolente, agora é a vez de Menelau sê-lo. Menelau, como Odisseu, vê que na vida as coisas são instáveis e se alternam; este conclui que devemos ser, portanto, comedidos, aquele deduz que devemos nos descomedir em turnos: hoje meu inimigo se descomede, amanhã será minha vez de me descomedir. A consciência da fragilidade da condição humana insufla modéstia em Odisseu; em Menelau, insolência.

Teucro não transige; Menelau não teria autoridade sobre Aias: este zarpara voluntariamente para Troia, e não sob as ordens dos Atridas. Menelau não é rei senão de Esparta, continua Teucro, e teria tanto direito de comandar Aias quanto este de comandá-lo. Aias não viera a Troia por causa da mulher de Menelau, Helena, mas obrigado pelo juramento que prestara a Tíndaro, pai dela. O discurso de Teucro é falacioso. Ele insiste que Aias não devia obediência a ninguém. Ora, o juramento prestado a Tíndaro o obrigava a se submeter, em caso de guerra, ao rei de Micenas — justamente Agamêmnon, irmão de Menelau. Teucro, em seu afã de rebater a prepotência de Menelau, afoitamente renega toda espécie de autoridade — mesmo a legítima.

Segue-se animada *stychomythía* em que ambos trocam insultos e acusações. Menelau parte furibundo. O Coro canta triste. Chega Agamêmnon, o outro Atrida, o rei dos reis. Renova a proibição. Desqualifica Teucro como interlocutor: é bastardo, filho de escrava. Jacta-se de ser tão valoroso quanto Aias. Este, na disputa pelas armas de Aquiles, fora preterido pelos juízes; agora os Atridas devem aquiescer aos que com justiça foram derrotados? Se os vencidos sobrepujam os vencedores, não há lei que se estabeleça, garante Agamêmnon. Não é o homem robusto que deve predominar: o grande boi é conduzido por pequeno látego, filosofa o Atrida. Ameaça Teucro, que estaria a se exaltar por um homem que já não existe. Conclui insultando-o, chamando-o de escravo e de bárbaro. O raciocínio de Agamêmnon é rude: ele é o comandante e os comandados lhe devem incondicional obediência. Sua prepotência avulta no fato de se recusar a ouvir Teucro por ser este filho de escrava. Agamêmnon não reconhece qualquer instância moderadora de seu poder, seja humana ou divina.

Teucro renova sua teima em enterrar o meio irmão. Acusa Agamêmnon de ingratidão: Aias, na guerra, fora valorosíssimo e muito fizera por ele e pelos helenos. Responde com insultos aos insultos do Atrida: a mãe de Agamêmnon era cretense e adúltera; seu pai oferecera ao próprio irmão um banquete preparado com as carnes dos filhos deste; seu avô, finalmente, era frígio. Teucro gaba-se de ser filho de Télamon; orgulha-se do fato de sua mãe, antes de ser cativa, ter sido rainha. Remata, enfim, seu discurso afirmando que não renunciará ao propósito de enterrar o irmão, mesmo que a teima lhe custe a vida. A resposta de Teucro a Agamêmnon compõe-se, em sua maior parte, de impropérios contra a família dos Atridas e de louvores à própria família. A discussão desanda. Já não se faz caso de argumentos ou ponderações. A palavra não mais é usada para convencer, mas para agredir.

Há impasse. Volta Odisseu e inopinadamente — para Agamêmnon, não para o espectador atento — busca a conciliação. Argumenta que deixar o cadáver insepulto seria ato contrário à justiça. Afirma que Aias fora seu inimigo, mas deve admitir que era o mais valoroso dentre os gregos — excetuando-se Aquiles. Privá-lo de sepultura seria uma afronta aos deuses, e não a Aias: não é justo lesar um bravo, ainda que seja inimigo.

Agamêmnon se surpreende com a posição de Odisseu. Julga que este tenha tomado, contra ele, o partido de Aias. No pensamento totalitário do Atrida, quem não lhe obedece está contra ele. É incapaz de perceber que Odisseu não toma o partido de um ou de outro, mas que afirma um princípio de justiça o qual, no âmbito dos mortais, está acima de facções e de disputas pessoais.

Segue-se uma *stychomythía*. Odisseu alega que odiar Aias morto não é decente. Reitera que é amigo do Atrida e pede que ele, em nome da amizade, transija. Alega que o valor de Aias ultrapassa seu demérito. Odisseu sabe que, sendo humano, também será um dia um cadáver a ser sepultado. Tal afirmação da universalidade da justiça, tal afirmação de que há uma justiça para todos os homens, Agamêmnon a interpreta como egoísmo de Odisseu. Finalmente, mesmo sem compreender o ponto de vista do amigo, aquiesce. Fá-lo como um favor pessoal a seu aliado, e não porque se lhe inculcaram no espírito as razões de Odisseu.

Agamêmnon, ainda que a contragosto, retira sua proibição e parte. Odisseu pede a Teucro para participar dos funerais; Teucro delicadamente recusa: isso não agradaria o morto. Sófocles provavelmente se lembrava do episódio da Odisséia em que, no Hades, Odisseu, conciliador, se dirige à sombra de Aias; este, contudo, dá-lhe as costas sem dizer uma palavra (canto XI, 543 sqq.). Odisseu se vai; Teucro e o Coro saem em cortejo fúnebre. Qual é, enfim, a justificação dramática desse desfecho? O que justifica toda essa discussão a propósito dos funerais de Aias? Os gregos atribuíam muita importância às honras fúnebres. Inspirava horror ao grego o fato de deixar um cadáver sem sepultura. Os dez generais atenienses que, em 406, venceram os lacedemônios na batalha de Arginusas foram condenados à morte por seus compatriotas porque não sepultaram seus mortos (cf. Xenofonte, *Helênicas*, I, 7). Podemos nos lembrar também do episódio de Elpenor na *Odisséia* (XI, 51 sqq.): na ilha de Circe, Elpenor caíra do telhado da casa da feiticeira e morrera. Odisseu e seus companheiros, afobados, partem sem sepultá-lo e prestar-lhe as honras fúnebres. Chegando ao Hades, a primeira alma que Odisseu encontra é a do pobre Elpenor que lhe suplica, gemente, que enterre seu corpo, erga-lhe um túmulo e cumpra os ritos fúnebres.

De fato os funerais de um morto eram importantíssimos no mundo grego, e alguns comentadores crêem que este seria o sentido da parte final de *Aias*: dar uma sepultura ao morto, o que garantiria repouso a sua alma no Hades. Sófocles, contudo, em nenhuma de suas peças faz a menor alusão ao destino das almas dos mortos insepultos. Os versos 1343-4 de *Aias* implicitamente excluem a crença de que as almas de mortos não sepultados não encontrariam paz: Odisseu afirma a Agamêmnon que, proibindo o enterro de Aias, não estaria lesando este, mas as leis divinas.

Os gregos atribuíam mais importância do que nós ao cumprimento dos ritos fúnebres, mas isso não resolve o problema da parte final da peça. Se se tratasse simplesmente de garantir sepultura ao morto, o autor poderia resolver o problema em poucos versos sem comprometer a unidade da tragédia. A extensão e complexidade da segunda parte indicam que sua função dramática deve ser outra. Muitos comentadores notaram que a questão não era simplesmente sepultar um morto: Aias era um herói cultual ático. Não há dúvida que esse fato é importante. Nenhum espectador, no teatro de Dioniso, ignorava que Aias era herói cultuado em sua cidade. O lugar de culto dos heróis cultuais é seu túmulo. Além de ser Aias herói ateniense, devemo-nos lembrar da rivalidade entre Atenas e Esparta no século V a.c.: Menelau e Agamêmnon representam o princípio do despotismo lacedemônio. Concordo plenamente que aqui temos elementos que esclarecem nossa leitura da peça; a construção de cada personagem, assim, se enriquece de nuances que nos possibilitam uma compreensão mais completa do conjunto. Àqueles críticos que consideram a parte final aborrecida podemos apontar esses aspectos, que certamente a faziam mais interessante e agradável para o público ateniense. Devemos, contudo, nos lembrar de que não é este o problema que nos ocupa. Não se trata de mostrar que a conclusão de Aias era interessante ou agradável para o ateniense, mas mostrar qual é seu sentido e qual é sua relação com as partes precedentes — se há alguma. Certamente agradaria ao ateniense ver serem concedidas a seu herói as honras fúnebres ou contemplar as figuras grotescas dos generais lacedemônios, mas isso não justifica dramaticamente a parte final da peça. Nem Sófocles, nem qualquer dramaturgo grego precisava adular seu público. A tragédia devia agradar — mas devia agradar como tragédia, como obra notável em seu gênero literário específico, e não como panegírico tumefaciente de vaidades nacionais. Já não dizia Aristóteles que o espetáculo trágico não deve propiciar todo e qualquer prazer, mas apenas o prazer que é característico da tragédia (*Poética*, 1453b10)?

Enfim, devemos notar que, embora Aias fosse de fato herói cultual ateniense, a peça de Sófocles não faz nenhuma referência clara a seus poderes de proteção e a seu culto heroico — ao contrário de *Édipo em Colono*, em que há referências explícitas ao poder póstumo de Édipo.

Alguns julgam que a parte final da tragédia seria necessária para reabilitar o herói. Aias cometera atos graves. Sua investida noturna é quase tão repugnante quanto o crime de Macbeth, que assassinou seu soberano, Duncan, enquanto dormia. Aias atacara à traição, à noite, seus companheiros de armas. Na Grécia, a pena para crime de traição era o apedrejamento (cf. *Aias*, versos 253-5 e também Heródoto, IX, 5 e Tucídides, V, 60); Tal crime era considerado ignobilíssimo — como o foi em toda a história de nossa civilização. Dante reserva o nono e mais profundo círculo do Inferno aos traidores. Lá está Judas. Se Dante quisesse, poderia reservar um lugar para Aias ali na segunda zona do nono círculo, destinada aos que traíram sua pátria ou partido (*Inferno*, XXXII, 70; XXXIII, 90).

Ensandecido, Aias trucidara rebanhos dos gregos. À turpitude da traição acrescentou-se a vergonha do malogro ridículo. Os dânaos execram o propósito assassino e zombam desbragadamente de seu fracasso. A parte final da peça seria necessária, portanto, para promover sua reabilitação.

Essa explicação seria aceitável se de fato a parte final reabilitasse o herói. Mas não reabilita. Não há nenhuma tentativa de justificar ou desculpar o ataque contra os chefes gregos. A gravidade do crime não é atenuada. Odisseu e Teucro exalçam o valor guerreiro de Aias, mas não buscam justificar a investida aleivosa contra seus companheiros. Agamêmnon aquiesce aos funerais — fá-lo, contudo, apenas como concessão particular a Odisseu, e não por ter perdoado Aias (cf. versos 1376-80).

Mas onde está, afinal, a unidade da peça? Qual o sentido da parte final? Penso que a parte final tem um sentido claro e que se relaciona intimamente com as outras partes. Quanto à unidade de ação, creio que, se insistirmos em procurá-la, não seremos capazes de compreender Aias. Sabemos que é tolice buscar a unidade da tragédia na figura do herói trágico. Tragédia é ação dramática; a unidade está na ação una, Aristóteles o afirmou com clareza (*Poética*, 1451a16-35). Contudo é contraproducente o esforço de conformar a todo custo uma tragédia aos cânones aristotélicos. Não nos deve causar escândalo o fato de esta ou aquela obra não se enquadrar nos modelos teóricos da *Poética*. A obra de Aristóteles descreve genericamente o que era a tragédia grega. Não é compêndio de regras de composição dramática. *Aias* é uma tragédia grega. De modo geral, as tragédias gregas tinham unidade de ação — Aristóteles corretamente no-lo diz. *Aias* não tem unidade de ação. Não deixa de ser, por isso, uma tragédia grega. Devemos lê-la sem preconceitos teóricos e buscar no texto a chave de sua compreensão.

A ação de *Aias* não é una. A organicidade da peça está alhures. A ação dramática, em *Aias*, é multifacetada. A peça tem, contudo, unidade temática: propõe um problema ético. H.D.F. Kitto com argúcia notou (*Form and Meaning in Drama*, London, 1956) que o tema geral da peça é a questão socrática *pôs deî zên* ("como se deve viver?"). Odisseu e Aias nos apresentam duas posturas possíveis diante das vicissitudes da condição humana; os Atridas e Teucro mostram um terceiro caminho, reles e doentio. A atitude de Aias é grandiosa, mas imprópria. Aias é um herói portentoso, um solitário a vociferar tonitruantemente contra deuses e homens, um mortal capaz de feitos hediondos, um homem sem lei senão a própria *timé*. Aias é, contudo, o herói de uma época extinta. Sua atitude diante das dificuldades que a vida nos propõe é política e religiosamente inadequada. Aias é o homem impossível. É inadaptável à vida em uma sociedade organizada. Não pensa nem age como homem: está sempre além ou aquém do humano. Em seu lampejo de compreensão cósmica, percebe que não cabe neste mundo. A deficiência de sua comunicação com os deuses é símbolo cristalino de sua exclusão do mundo. Aias se retira, deixando-nos atônitos diante da queda fulminante de tão poderoso e gigantesco herói. Aias é uma ameaça à vida social, mas encanta-nos com a beleza violenta das procelas ou erupções vulcânicas.

O aparecimento de Teucro, Menelau e Agamêmnon na parte final nos leva à inevitável comparação com Aias. Mas o contraste não tem como objetivo apenas ressaltar a majestade de Aias contra o baço pano de fundo de seu irmão e dos Atridas. A comparação é sobretudo ética. Defrontamo-nos com diferentes atitudes diante da condição dos mortais no universo. Aias, constatando quais eram as regras do jogo, renega-as e abandona-o. Teucro, Menelau e Agamêmnon adaptam-se torpemente às leis do universo, buscando obter mesquinhas e efêmeras vantagens. Não demonstram ter a compreensão do universo que têm Odisseu e Aias. Apenas seguem as inclinações de seu egoísmo raso e míope. Teucro, pranteando o irmão, não lamenta senão a provável fúria de seu pai ao saber que não amparou Aias. É inegável, todavia, que Teucro se nos apresenta menos vil que os Atridas. Demonstra alguma piedade (v. 1036-9; 1129; 1131); profere breve elogio da gratidão (v. 1266 sqq.); em suas bravatas pode-se talvez entrever alguma fidalguia (v. 1123; 1309 sqq.). Além disso, defende a causa justa. Seus argumentos, contudo, são quase sempre pífios; sua linguagem, insultuosa ou gabola. A moderação e sabedoria de Odisseu, que resolve a querela, põem em relevo a mesquinhez do meio irmão de Aias.

Também Odisseu, é verdade, considera sempre seu interesse pessoal (v. 124-126; 1365-1367). Mas quão diferente do egoísmo de Teucro e dos Atridas é o amor-próprio de Odisseu! Odisseu demonstra pia compreensão do cosmos. Respeita, em cada mortal, a condição humana que com eles compartilha. Apiada-se do mortal porque se sabe mortal e sabe que para o mortal tudo é instável. Odisseu compreende que pode vir a padecer a mesma sorte de Aias. Tudo é possível quando um deus quer. Odisseu conhece seu lugar na ordem divina do universo. Sua reação é de piedosa humildade. Já Menelau e Agamêmnon percebem confusamente que no mundo tudo é instável, mas sua atitude diante desse fato é outra: buscam a todo custo obter vantagens imediatas quando têm ocasião. Os Atridas — e até certo ponto Teucro — parecem não ter noção de justiça divina. É-lhes estranha a piedade que Odisseu prega. Menelau não pôde triunfar sobre Aias quando este vivia; agora que morreu pretende espezinhar-lhe o cadáver (cf. v. 1067-70); evoca o princípio de hierarquia e obediência não como princípio justo, mas como meio prático de submeter seus adversários; a utilidade social do medo e da vergonha se confunde com seus interesses pessoais (cf. v. 1071-90). Para ele, o ataque de Aias foi ato de *hýbris* ("desmedida", "excesso", "violência") (v. 1061); agora, conclui Menelau, é sua vez de ser *hybristés* (v. 1088). Para Menelau, a *hýbris*, se houver reciprocidade no excesso violento, não é condenável em si mesma. Teucro obtusamente contesta o princípio de hierarquia porque não lhe apraz obedecer aos Atridas — não porque tal princípio fosse injusto. Alega que Aias não devia obediência aos Atridas e, paradoxalmente, afirma que não devia fidelidade senão ao juramento prestado — juramento que, nós o sabemos, instituía Agamêmnon como chefe da tropa (cf. v. 1097 sqq.). Agamêmnon prega a obediência: os inferiores devem obedecer aos superiores, isso é, os outros devem obedecer-lhe (v. 1246 sqq.). Quanto ao resto, nos *agônes* entre Menelau e Teucro e Agamêmnon e Teucro pululam insultos baixos e bravatas caricatas.

A postura ética de Aias é majestosa — mas destrutiva para a *pólis*. A grandeza do herói não cabia nos limites estreitos da vida social. A sociedade deve admirar a magnificência bruta de Aias — mas de longe. Não devemos viver como Aias. Já os Atridas são vermezinhos que, de dentro, putrefazem o Estado. Adaptam-se a ele — ou antes, adaptam-no a si. Não o engrandecem; servem-se dele para a consecução de seus objetivos imediatos. Ignoram a gratidão. São-lhes alheios os princípios que Atena enunciara no Prólogo: falam e agem sempre com arrogância, como se estivessem acima da condição de todos os mortais. Agamêmnon, em cristalina demonstração de *hýbris*, afirma que Teucro está a se exceder (*hybrízein*) por um homem que já não existe — que já é sombra (*skiá*) — e lhe pergunta: "não serás sensato?" (ou *sophronéseis*) (v. 1257-60). Quão distante do Odisseu que, no Prólogo, reconhecia que somos todos sombras leves (*koúphe skiá*, v. 125-6)! Ouvindo-o, Atena o aconselha a evitar a arrogância: os deuses amam os sensatos (*sóphrones*, v. 132). As sentenças de Atena se aplicam imediatamente a Aias e prospectivamente a Agamêmnon.

A *hýbris* de Aias, como a dos Atridas, ofende os deuses. A atitude de Aias constitui ameaça ao Estado; ele não é somente inadaptável a uma sociedade coesiva e ordenada em que a posição do indivíduo se funda no consenso e na cooperação. Não é apenas inadequado à vida comunitária: seu apego exacerbado ao código heroico e à própria *timé* faz dele um princípio ativo inimigo da ordem social; o herói não fica à margem da sociedade: ataca-a e busca brutalmente massacrá-la. O problema de Aias não é a mera falta de virtudes cooperativas — se empregarmos a terminologia de Adkins — mas a presença de um incoercível impulso bestial que tende a aniquilar a comunidade. Já a atitude dos Atridas não ameaça o Estado, mas o amesquinha. Sua postura ética não é perigosa, apenas repugnante.

Aias percebe que para os mortais tudo é instável, recusa-se a viver em tal mundo e se mata; Menelau também o percebe e busca sordidamente se beneficiar quando se encontra em posição privilegiada (cf. v. 1087-9). Afirma a necessidade da *sophrosýne* (cf. v. 1075), é verdade, mas a *sophrosýne* que prega não é aquela que Atena recomenda. Tampouco a *sophrosýne* a que se refere Agamêmnon (v. 1259) se conforma aos ensinamentos da deusa. Odisseu igualmente percebe a instabilidade das coisas humanas e daí deduz a necessidade da pia *sophrosýne* que Atena exige dos mortais. Num mundo em que os extremos são os Atridas e Aias, a atitude de Odisseu é digna e sensata. Se Aias era o homem impossível, Odisseu é o homem possível. Não podemos nem devemos viver como Aias, ainda que ele seja grande, sugere Sófocles; é preciso ceder e aceitar a instabilidade do cosmos e a fragilidade do homem. Mas daí não se conclui que devamos viver como um Menelau. Odisseu oferece nobre alternativa de conduta: sua atitude é grandiosa e ao mesmo tempo politicamente aceitável. Honra os deuses e respeita a comunidade em que vive. Seu respeito pelos mortais não é concessão de conveniência — como podemos afirmar a propósito da permissão de Agamêmnon para que Aias tenha sepultura — mas fruto de compreensão profunda da condição humana. Aias atingiu a mesma compreensão e julgou indigno viver em tais condições. Odisseu mostrou que há uma resposta digna. Não tem grandeza sua resposta? Certamente não tem a grandeza da de Aias, deletéria para um mortal. Mas tem certa grandeza rara: a pia grandeza que há no reconhecimento da própria pequenez.

Odisseu não é trágico. Não há no texto sugestão de que tenha renunciado à moral heróica e adotado uma atitude humilde. Em toda a tragédia a postura ética de Odisseu permanece a mesma: é sempre prudente, é sempre pio, é sempre humilde. Está sempre em perfeito acordo com o mundo e com os deuses. Destino trágico é o de Aias. Mas Odisseu é um grande homem e é parte fundamental dessa tragédia. Os Atridas são pulhas estultos. Aias era animalesco e divino. Odisseu é um cidadão. Suas figuras se harmonizam em unidade dinâmica, todas igualmente importantes para a realização de um projeto dramático bem definido.

Não devemos, pois, como quis Platt, assimilar Aias aos quadros de Rafael em que figuras menores, nos cantos, apenas emolduram a figura central. Eu o compararia antes àquelas composições de Rembrandt em que se retratam grupos humanos. As figuras são mais ou menos interessantes sob este ou aquele ponto de vista, mas todas são fundamentais para a constituição de um conjunto uno, pleno de sentido e belo. Em suas telas, nada é secundário.

AIAS*

PERSONAGENS

ATENA – deusa, filha de Zeus
ODISSEU – filho de Laerte, rei de Ítaca; líder dos argivos [gregos]
AIAS – [Ajax] filho de Télamon, rei de Salamina; "o grande"; o melhor guerreiro após Aquiles
CORO – marinheiros dos navios de Aias
TECMESSA – filha do rei da Frígia, capturada por Aias; sua concubina
MENSAGEIRO – (um soldado)
TEUCRO – filho de Télamon, meio irmão de Aias
MENELAU – rei de Esparta e irmão de Agamêmnon
AGAMÊMNON – filho de Atreu, rei de Micenas; comandante do exército argivo no cerco de Troia
EURÍSACES – jovem filho de Aias e Tecmessa
Serventes, soldados

---

*) A tradução se baseia no texto estabelecido por A. Dain, exceto nos versos 167-170, 176, 179, 756, 780, 1132, 1205, 1281, 1339 e 1398, em que adoto as correções de Kamerbeek, e no verso 269, em que adoto a lição de Hermann.

ΑΘΑΝΑ
Ἀεὶ μέν, ὦ παῖ Λαρτίου, δέδορκά σε
πεῖράν τιν' ἐχθρῶν ἁρπάσαι θηρώμενον·
καὶ νῦν ἐπὶ σκηναῖς σε ναυτικαῖς ὁρῶ
Αἴαντος, ἔνθα τάξιν ἐσχάτην ἔχει,
πάλαι κυνηγετοῦντα καὶ μετρούμενον   5
ἴχνη τὰ κείνου νεοχάραχθ', ὅπως ἴδῃς
εἴτ' ἔνδον εἴτ' οὐκ ἔνδον. Εὖ δέ σ' ἐκφέρει
κυνὸς Λακαίνης ὥς τις εὔρινος βάσις·
ἔνδον γὰρ ἁνὴρ ἄρτι τυγχάνει, κάρα
στάζων ἱδρῶτι καὶ χέρας ξιφοκτόνους·   10
καί σ' οὐδὲν εἴσω τῆσδε παπταίνειν πύλης
ἔτ' ἔργον ἐστίν, ἐννέπειν δ' ὅτου χάριν
σπουδὴν ἔθου τήνδ', ὡς παρ' εἰδυίας μάθῃς.
ΟΔΥΣΣΕΥΣ
Ὦ φθέγμ' Ἀθάνας, φιλτάτης ἐμοὶ θεῶν,
ὡς εὐμαθές σου, κἂν ἄποπτος ᾖς, ὅμως   15
φώνημ' ἀκούω καὶ ξυναρπάζω φρενί,
χαλκοστόμου κώδωνος ὡς τυρσηνικῆς.
Καὶ νῦν ἐπέγνως εὖ μ' ἐπ' ἀνδρὶ δυσμενεῖ
βάσιν κυκλοῦντ', Αἴαντι τῷ σακεσφόρῳ·
κεῖνον γάρ, οὐδέν' ἄλλον, ἰχνεύω πάλαι. 20
Νυκτὸς γὰρ ἡμᾶς τῆσδε πρᾶγος ἄσκοπον
ἔχει περάνας, — εἴπερ εἴργασται τάδε·
ἴσμεν γὰρ οὐδὲν τρανές, ἀλλ' ἀλώμεθα·
κἀγὼ 'θελοντὴς τῷδ' ὑπεζύγην πόνῳ.

PRÓLOGO

(cena: acampamento grego)

ATENA
Sempre, ó filho de Laertes, observo-te
à espreita de um ensejo contra teus inimigos.
E agora te vejo diante das tendas dos nautas
de Aias — lá onde ocupa a última linha —
há tempo rastreando-o e medindo-lhe   5
as pegadas recém-impressas, para veres
se está dentro ou não. A bom termo levam-te
bem-farejantes passos, como de cadela lacônia:
pois dentro o homem agora mesmo está, rosto
e mãos apunhaladoras gotejantes de suor.   10
E tu espiares para dentro desta porta
já não é mister, mas sim relatares por que
tal afã tens, para que de mim, que sei, aprendas.
ODISSEU
Ó voz de Atena, a mais cara para mim dos deuses,
quão bem-perceptível, ainda que invisível estejas!   15
o som ouço, contudo, e o apreendo no espírito,
como se de clarim tirreno de brônzeo bocal!
E agora entendeste bem que do homem malévolo
os passos rondo — de Aias escutífero:
dele e de nenhum outro sigo as pegadas há tempo.   20
É que esta noite contra nós feito obscuro
perpetrou — se é verdade que realizou isso,
pois nada sabemos claramente, mas erramos;
por isso eu adrede me atrelei a esta pena.

Ἐφθαρμένας γὰρ ἀρτίως εὑρίσκομεν 25
λείας ἁπάσας καὶ κατηναρισμένας
ἐκ χειρὸς αὐτοῖς ποιμνίων ἐπιστάταις.
Τήνδ' οὖν ἐκείνῳ πᾶς τις αἰτίαν νέμει.
Καί μοί τις ὀπτὴρ αὐτὸν εἰσιδὼν μόνον
πηδῶντα πεδία σὺν νεορράντῳ ξίφει 30
φράζει τε κἀδήλωσεν· εὐθέως δ' ἐγὼ
κατ' ἴχνος ᾄσσω, καὶ τὰ μὲν σημαίνομαι,
τὰ δ' ἐκπέπληγμαι κοὐκ ἔχω μαθεῖν ὅτου.
Καιρὸν δ' ἐφήκεις· πάντα γὰρ τά τ' οὖν πάρος
τά τ' εἰσέπειτα σῇ κυβερνῶμαι χερί. 35

Αθ. Ἔγνων, Ὀδυσσεῦ, καὶ πάλαι φύλαξ ἔβην
τῇ σῇ πρόθυμος εἰς ὁδὸν κυναγίᾳ.

Οδ. Ἦ καί, φίλη δέσποινα, πρὸς καιρὸν πονῶ;

Αθ. Ὡς ἔστιν ἀνδρὸς τοῦδε τἄργα ταῦτά σοι.

Οδ. Καὶ πρὸς τί δυσλόγιστον ὧδ' ᾖξεν χέρα; 40

Αθ. Χόλῳ βαρυνθεὶς τῶν Ἀχιλλείων ὅπλων.

Οδ. Τί δῆτα ποίμναις τήνδ' ἐπεμπίπτει βάσιν;

Αθ. Δοκῶν ἐν ὑμῖν χεῖρα χραίνεσθαι φόνῳ.

Οδ. Ἦ καὶ τὸ βούλευμ' ὡς ἐπ' Ἀργείοις τόδ' ἦν;

Αθ. Κἂν ἐξεπράξατ', εἰ κατημέλησ' ἐγώ. 45

Οδ. Ποίαισι τόλμαις ταῖσδε καὶ φρενῶν θράσει;

Αθ. Νύκτωρ ἐφ' ὑμᾶς δόλιος ὁρμᾶται μόνος.

Οδ. Ἦ καὶ παρέστη κἀπὶ τέρμ' ἀφίκετο;

Αθ. Καὶ δὴ 'πὶ δισσαῖς ἦν στρατηγίσιν πύλαις.

Destroçado agora mesmo encontramos 25
o butim inteiro — e abatido por humana
mão — com os próprios encarregados dos rebanhos.
Então a ele todos atribuem a culpa disto.
E uma testemunha, tendo-o avistado sozinho
saltando no prado com recém-aspersa espada, 30
contou-mo e o esclareceu. E logo eu
atrás das pegadas arremeto; umas reconheço,
outras confundo e não posso perceber de quem são.
Oportunamente chegas: pois sempre, tanto outrora
como no futuro, sou dirigido por tua mão. 35
ATENA
Eu soube, Odisseu, e há pouco à via vim
como guardiã diligente de tua caçada.
ODISSEU
Acaso então, cara soberana, a propósito peno?
ATENA
Sim, já que são deste homem esses atos.
ODISSEU
E para que tão irrefletida mão brandiu? 40
ATENA
Por rancor está oprimido, pelas armas de Aquiles.
ODISSEU
Por que, então, contra os rebanhos se precipita?
ATENA
Julgando em vós sua mão manchar de cruor.
ODISSEU
Acaso então esse plano aos argivos visava?
ATENA
E o realizaria, se eu tivesse negligenciado. 45
ODISSEU
Quais são estas audácias e confiança de espírito?
ATENA
À noite, contra vós doloso investe sozinho.
ODISSEU
Acaso se aproximou e seu objetivo alcançou?
ATENA
Sim, chegou até as duas portas dos chefes!

Οδ. Καὶ πῶς ἐπέσχε χεῖρα μαιμῶσαν φόνου; 50

Αθ. Ἐγώ σφ' ἀπείργω, δυσφόρους ἐπ' ὄμμασι
γνώμας βαλοῦσα τῆς ἀνηκέστου χαρᾶς,
καὶ πρός τε ποίμνας ἐκτρέπω σύμμικτά τε
λείας ἄδαστα βουκόλων φρουρήματα·
ἔνθ' εἰσπεσὼν ἔκειρε πολύκερων φόνον 55
κύκλῳ ῥαχίζων· κἀδόκει μὲν ἔσθ' ὅτε
δισσοὺς Ἀτρείδας αὐτόχειρ κτείνειν ἔχων,
ὅτ' ἄλλοτ' ἄλλον ἐμπίτνων στρατηλατῶν.
Ἐγὼ δὲ φοιτῶντ' ἄνδρα μανιάσιν νόσοις
ὤτρυνον, εἰσέβαλλον εἰς ἕρκη κακά. 60
Κᾆπειτ' ἐπειδὴ τοῦδ' ἐλώφησεν φόνου,
τοὺς ζῶντας αὖ δεσμοῖσι συνδήσας βοῶν
ποίμνας τε πάσας εἰς δόμους κομίζεται,
ὡς ἄνδρας, οὐχ ὡς εὔκερων ἄγραν ἔχων·
καὶ νῦν κατ' οἴκους συνδέτους αἰκίζεται. 65
Δείξω δὲ καὶ σοὶ τήνδε περιφανῆ νόσον,
ὡς πᾶσιν Ἀργείοισιν εἰσιδὼν θροῇς.
Θαρσῶν δὲ μίμνε μηδὲ συμφορὰν δέχου
τὸν ἄνδρ'· ἐγὼ γὰρ ὀμμάτων ἀποστρόφους
αὐγὰς ἀπείρξω σὴν πρόσοψιν εἰσιδεῖν. 70
Οὗτος, σὲ τὸν τὰς αἰχμαλωτίδας χέρας
δεσμοῖς ἀπευθύνοντα προσμολεῖν καλῶ.
Αἴαντα φωνῶ· στεῖχε δωμάτων πάρος.

Οδ. Τί δρᾷς, Ἀθάνα; μηδαμῶς σφ' ἔξω κάλει.

Αθ. Οὐ σῖγ' ἀνέξῃ, μηδὲ δειλίαν ἀρῇ; 75

Οδ. Μή, πρὸς θεῶν· ἀλλ' ἔνδον ἀρκείτω μένων.

Αθ. Τί μὴ γένηται; πρόσθεν οὐκ ἀνὴρ ὅδ' ἦν;

Οδ. Ἐχθρός γε τῷδε τἀνδρὶ καὶ τανῦν ἔτι.

Αθ. Οὔκουν γέλως ἥδιστος εἰς ἐχθροὺς γελᾶν;

ODISSEU
    E por que reteve mão ávida de cruor? 50
ATENA
    Eu o afastei — tendo atirado sobre seus olhos
    imagens extraviadoras — de incurável prazer
    e o desviei para os rebanhos e para o misto
    butim não partilhado, por boieiros vigiado.
    Lá se precipitou e talhava multicórnea cruentação, 55
    em círculo raquitomizando; e julgava às vezes
    os dois Atridas matar com a própria mão, detendo-os;
    outras vezes, outro dos chefes, caindo sobre ele.
    E eu, o barafustante homem em demente doença
    excitava, atirava-o para redes ruins. 60
    Depois, quando descansou desta cruentação,
    ata então com cordas os bois sobreviventes
    e todos os rebanhos e à barraca os conduz
    — como homens, e não como pulcricórnea presa!
    E agora, atados, na tenda os suplicia. 65
    Mostrarei também a ti, manifesta, essa doença,
    para que a vejas e proclames a todos os argivos.
    Confiante, fica e não como uma desgraça recebas
    o homem: pois, desviado, eu impedirei que
    o brilho de seus olhos veja tua figura. 70
    Ei! Tu que as cativas mãos por trás
    com cordas amarras, chamo-te para que venhas!
    A Aias falo! Avança para diante das barracas!
ODISSEU
    Que fazes, Atena? De modo nenhum para fora o chames!
ATENA
    Não conservarás o silêncio? Tu mostrarás covardia? 75
ODISSEU
    Não, pelos deuses! Mas basta que ele fique lá dentro!
ATENA
    O que temes que aconteça? Antes não era ele só um homem?
ODISSEU
    Sim, e inimigo deste homem aqui ainda agora!
ATENA
    Então o riso mais doce não é rir dos inimigos?

Οδ. Ἐμοὶ μὲν ἀρκεῖ τοῦτον ἐν δόμοις μένειν. 80

Αθ. Μεμηνότ' ἄνδρα περιφανῶς ὀκνεῖς ἰδεῖν;

Οδ. Φρονοῦντα γάρ νιν οὐκ ἂν ἐξέστην ὄκνῳ.

Αθ. Ἀλλ' οὐδὲ νῦν σε μὴ παρόντ' ἴδῃ πέλας.

Οδ. Πῶς; εἴπερ ὀφθαλμοῖς γε τοῖς αὐτοῖς ὁρᾷ.

Αθ. Ἐγὼ σκοτώσω βλέφαρα καὶ δεδορκότα. 85

Οδ. Γένοιτο μεντἂν πᾶν θεοῦ τεχνωμένου.

Αθ. Σίγα νυν ἑστὼς, καὶ μέν' ὡς κυρεῖς ἔχων.

Οδ. Μένοιμ' ἄν· ἤθελον δ' ἂν ἐκτὸς ὢν τυχεῖν.

Αθ. Ὢ οὗτος, Αἴαν, δεύτερόν σε προσκαλῶ·
τί βαιὸν οὕτως ἐντρέπῃ τῆς συμμάχου; 90
ΑΙΑΣ
Ὢ χαῖρ', Ἀθάνα, χαῖρε, Διογενὲς τέκνον,
ὡς εὖ παρέστης· καί σε παγχρύσοις ἐγὼ
στέψω λαφύροις τῆσδε τῆς ἄγρας χάριν.

Αθ. Καλῶς ἔλεξας· ἀλλ' ἐκεῖνό μοι φράσον,
ἔβαψας ἔγχος εὖ πρὸς Ἀργείων στρατῷ; 95

Αι. Κόμπος πάρεστι κοὐκ ἀπαρνοῦμαι τὸ μή.

Αθ. Ἦ καὶ πρὸς Ἀτρείδαισιν ᾔχμασας χέρας;

Αι. Ὥστ' οὔποτ' Αἴαντ', οἶδ', ἀτιμάσουσ' ἔτι.

Αθ. Τεθνᾶσιν ἄνδρες, ὡς τὸ σὸν ξυνῆκ' ἐγώ.

Αι. Θανόντες ἤδη τἄμ' ἀφαιρείσθων ὅπλα. 100

ODISSEU
   A mim, basta que ele na barraca fique. 80
ATENA
   Demente homem face a face temes ver?
ODISSEU
   De fato, se estivesse são não o evitaria.
ATENA
   Mas não temas que te veja nem agora, mesmo estando perto!
ODISSEU
   Como, se realmente enxerga com os mesmos olhos?
ATENA
   Eu obscurecerei suas pálpebras—ainda que dotadas de visão. 85
ODISSEU
   É certo que tudo pode acontecer, quando um deus trama!
ATENA
   Cala-te então, queda-te e fica como estás.
ODISSEU
   Posso ficar — mas gostaria de me encontrar longe daqui.
ATENA
   Tu, ó Aias, pela segunda vez evoco-te!
   Por que fazes tão pouco caso de tua aliada? 90
AIAS *(saindo da barraca)*
   Salve, ó Atena, salve, filha nascida de Zeus,
   como me assististe bem! E eu com multiáureos
   espólios coroar-te-ei em gratidão por esta caçada!
ATENA
   Falaste com beleza. Mas relata-me isto:
   Afundaste bem a espada na argiva tropa? 95
AIAS
   Orgulho tenho e não renego o ato.
ATENA
   Acaso também contra os Atridas brandiste a mão?
AIAS
   De tal sorte que Aias, sei, não mais desonrarão!
ATENA
   Estão mortos os homens, se tua palavra compreendi.
AIAS
   Mortos, que agora arrebatem minhas armas! 100

61

Αθ. Εἶεν· τί γὰρ δὴ παῖς ὁ τοῦ Λαερτίου;
ποῦ σοι τύχης ἕστηκεν; ἢ πέφευγέ σε;

Αι. Ἦ τοὐπίτριπτον κίναδος ἐξήρου μ' ὅπου;

Αθ. Ἔγωγ'· Ὀδυσσέα τὸν σὸν ἐνστάτην λέγω.

Αι. Ἥδιστος, ὦ δέσποινα, δεσμώτης ἔσω   105
θακεῖ· θανεῖν γὰρ αὐτὸν οὔ τί πω θέλω.

Αθ. Πρὶν ἄν τί δράσῃς ἢ τί κερδάνῃς πλέον;

Αι. Πρὶν ἂν δεθεὶς πρὸς κίον' ἑρκείου στέγης —

Αθ. Τί δῆτα τὸν δύστηνον ἐργάσῃ κακόν;

Αι. Μάστιγι πρῶτον νῶτα φοινιχθεὶς θάνῃ.   110

Αθ. Μὴ δῆτα τὸν δύστηνον ὧδέ γ' αἰκίσῃ.

Αι. Χαίρειν, Ἀθάνα, τἄλλ' ἐγώ σ' ἐφίεμαι,
κεῖνος δὲ τείσει τήνδε κοὐκ ἄλλην δίκην.

Αθ. Σὺ δ' οὖν, ἐπειδὴ τέρψις ἥδε σοι τὸ δρᾶν,
χρῶ χειρί, φείδου μηδὲν ὧνπερ ἐννοεῖς.   115

Αι. Χωρῶ πρὸς ἔργον, τοῦτό σοι δ' ἐφίεμαι,
τοιάνδ' ἀεί μοι σύμμαχον παρεστάναι.

Αθ. Ὁρᾷς, Ὀδυσσεῦ, τὴν θεῶν ἰσχὺν ὅση;
Τούτου τίς ἄν σοι τἀνδρὸς ἢ προνούστερος
ἢ δρᾶν ἀμείνων ηὑρέθη τὰ καίρια;   120

Οδ. Ἐγὼ μὲν οὐδέν' οἶδ'· ἐποικτίρω δέ νιν
δύστηνον ἔμπας, καίπερ ὄντα δυσμενῆ,
ὁθούνεκ' ἄτῃ συγκατέζευκται κακῇ,

ATENA
Que seja. Mas o que é do filho de Laertes?
Qual é sua sorte? Acaso fugiu de ti?
AIAS
Será que me perguntas onde está a finória raposa?
ATENA
Sim; de Odisseu, teu opositor, falo.
AIAS
Agradabilíssimo prisioneiro, senhora, lá dentro   105
está sentado. Pois que ele morra ainda não quero.
ATENA
Antes de fazeres o quê? Ou de ganhares mais o quê?
AIAS
Antes de, preso à coluna do teto da barraca...
ATENA
Mas que maldade perpetrarás ao miserável?
AIAS
... por látego tendo primeiro as costas cruentadas, morrer.   110
ATENA
Não, não maltrates tanto assim o miserável!
AIAS
Que te comprazas, Atena, com outras coisas eu te concedo,
mas ele sofrerá esta e não outra punição.
ATENA
Tu então — já que é uma satisfação para ti fazê-lo —
usa a mão! Não te abstenhas de nada do que planejas.   115
AIAS
Parto para o trabalho; e isto te concedo:
que tal eterna aliada minha permaneças!

(volta para a barraca)

ATENA
Vês, Odisseu, a força dos deuses quão grande é?
Quem mais precavido que este homem
ou melhor em agir oportunamente encontrarias?   120
ODISSEU
Eu não conheço ninguém. Contudo compadeço-me dele,
o miserável, ainda que seja meu inimigo,
porque está subjugado por extravio nefasto —

οὐδὲν τὸ τούτου μᾶλλον ἢ τοὐμὸν σκοπῶν.
Ὁρῶ γὰρ ἡμᾶς οὐδὲν ὄντας ἄλλο πλὴν   125
εἴδωλ', ὅσοιπερ ζῶμεν, ἢ κούφην σκιάν.

Αθ. Τοιαῦτα τοίνυν εἰσορῶν ὑπέρκοπον
μηδέν ποτ' εἴπῃς αὐτὸς ἐς θεοὺς ἔπος,
μηδ' ὄγκον ἄρῃ μηδέν', εἴ τινος πλέον
ἢ χειρὶ βρίθεις ἢ μακροῦ πλούτου βάθει·   130
ὡς ἡμέρα κλίνει τε κἀνάγει πάλιν
ἅπαντα τἀνθρώπεια· τοὺς δὲ σώφρονας
θεοὶ φιλοῦσι καὶ στυγοῦσι τοὺς κακούς.

em nada considerando mais sua sorte do que a minha,
pois vejo que nós nada mais somos do que 125
fantasmas, quantos vivemos, ou sombras leves.
ATENA
Tais fatos então contempla e nenhuma soberba
fala jamais fales, tu próprio, aos deuses
nem empáfia nenhuma carregues, se sobre outro
no braço preponderas ou em profundez de grande riqueza. 130
Pois um só dia dobra e reergue de volta
tudo o que é humano; os deuses amam
os sensatos e abominam os vis.

ΧΟΡΟΣ
Τελαμώνιε παῖ, τῆς ἀμφιρύτου
Σαλαμῖνος ἔχων βάθρον ἀγχιάλου, 135
   σὲ μὲν εὖ πράσσοντ' ἐπιχαίρω·
σὲ δ' ὅταν πληγὴ Διὸς ἢ ζαμενὴς
λόγος ἐκ Δαναῶν κακόθρους ἐπιβῇ,
μέγαν ὄκνον ἔχω καὶ πεφόβημαι
πτηνῆς ὡς ὄμμα πελείας. 140
Ὡς καὶ τῆς νῦν φθιμένης νυκτὸς
μεγάλοι θόρυβοι κατέχουσ' ἡμᾶς
ἐπὶ δυσκλείᾳ, σὲ τὸν ἱππομανῆ
λειμῶν' ἐπιβάντ' ὀλέσαι Δαναῶν
βοτὰ καὶ λείαν 145
ἥπερ δορίληπτος ἔτ' ἦν λοιπή,
κτείνοντ' αἴθωνι σιδήρῳ.
Τοιούσδε λόγους ψιθύρους πλάσσων
εἰς ὦτα φέρει πᾶσιν Ὀδυσσεύς,
καὶ σφόδρα πείθει· περὶ γὰρ σοῦ νῦν 150
εὔπειστα λέγει, καὶ πᾶς ὁ κλύων
τοῦ λέξαντος χαίρει μᾶλλον
   τοῖς σοῖς ἄχεσιν καθυβρίζων.
Τῶν γὰρ μεγάλων ψυχῶν ἱεὶς
οὐκ ἂν ἁμάρτοις· κατὰ δ' ἄν τις ἐμοῦ 155
τοιαῦτα λέγων οὐκ ἂν πείθοι·
πρὸς γὰρ τὸν ἔχονθ' ὁ φθόνος ἕρπει·
καίτοι σμικροὶ μεγάλων χωρὶς

66

PÁRODO

CORO
Filho de Télamon, da circunregada
Salamina detentor do trono, marepremida,   135
por teres sucesso exulto!
Mas quando golpe de Zeus ou violenta
palavra dos dânaos maledicente te atinge,
muito medo tenho e fico apavorado,
como olho de volátil pomba.   140
Assim, na noite que agora fenece,
grandes rumores envolvem-nos,
para teu deslustro, de que o equiferoso
prado atravessaste e massacraste dos dânaos
o gado e butim   145
que, hasticapto, ainda restava,
matando com fulgurante ferro.
Tais palavras sussurradas forjando,
aos ouvidos de todos leva-as Odisseu
e plenamente persuade: sobre ti agora   150
coisas críveis fala, e todo ouvinte
se compraz mais do que o falante,
sobre tuas dores se excedendo.
Pois alvejando as grandes almas,
não se pode errar — mas se alguém contra mim 155
falasse assim, não persuadiria:
rumo a quem tem, serpeia a inveja.
Contudo os pequenos sem os grandes

σφαλερὸν πύργου ῥῦμα πέλονται·
μετὰ γὰρ μεγάλων βαιὸς ἄριστ' ἄν, 160
καὶ μέγας ὀρθοῖθ' ὑπὸ μικροτέρων·
ἀλλ' οὐ δυνατὸν τοὺς ἀνοήτους
τούτων γνώμας προδιδάσκειν.
Ὑπὸ τοιούτων ἀνδρῶν θορυβῇ·
χἠμεῖς οὐδὲν σθένομεν πρὸς ταῦτ' 165
ἀπαλέξασθαι σοῦ χωρίς, ἄναξ·
ἀλλ' — ὅτε γὰρ δὴ τὸ σὸν ὄμμ' ἀπέδραν,
παταγοῦσιν ἅπερ πτηνῶν ἀγέλαι —
μέγαν αἰγυπιόν ⟨γ'⟩ ὑποδείσαντες,
τάχ' ἄν, ἐξαίφνης εἰ σὺ φανείης, 170
σιγῇ πτήξειαν ἄφωνοι.

Ἦ ῥά σε Ταυροπόλα Διὸς Ἄρτεμις — Str
ὦ μεγάλα φάτις, ὦ
μᾶτερ αἰσχύνας ἐμᾶς —
ὥρμασε πανδάμους ἐπὶ βοῦς ἀγελαίας, 175
ἤ πού τινος νίκας ἀκάρπωτον χάριν,
ἤ ῥα κλυτῶν ἐνάρων
ψευσθεῖσ', ἀδώροις εἴτ' ἐλαφαβολίαις;
ἢ χαλκοθώραξ, εἴ τιν' Ἐνυάλιος
μομφὰν ἔχων ξυνοῦ δορὸς ἐννυχίοις 180
μαχαναῖς ἐτείσατο λώβαν;

Οὔ ποτε γὰρ φρενόθεν γ' ἐπ' ἀριστερά, Ant.
παῖ Τελαμῶνος, ἔβας
τόσσον ἐν ποίμναις πίτνων· 185
ἤκοι γὰρ ἂν θεία νόσος· ἀλλ' ἀπερύκοι
καὶ Ζεὺς κακὰν καὶ Φοῖβος Ἀργείων φάτιν·
εἰ δ' ὑποβαλλόμενοι
κλέπτουσι μύθους οἱ μεγάλοι βασιλῆς,
ἢ τᾶς ἀσώτου Σισυφιδᾶν γενεᾶς, 190
μὴ μή μ', ἄναξ, ἔθ' ὧδ' ἐφάλοις κλισίαις
ἐμμένων κακὰν φάτιν ἄρῃ.

Ἀλλ' ἄνα ἐξ ἑδράνων ὅπου μακραίωνι Ep.
στηρίζῃ ποτὲ τᾷδ' ἀγωνίῳ σχολᾷ

frágil defesa de fortaleza são:
com os grandes o fraco se pode bem erguer, 160
e também o grande, suportado pelos menores.
Mas não é possível ensinar
essas noções aos imbecis.
Por tais homens és apupado,
e nós nenhuma força temos para a isso 165
nos opor sem ti, ó senhor!
Mas — pois agora que a teu olhar já escapuliram,
chalreiam como bandos de pássaros
grande abutre temendo —
talvez, se súbito tu aparecesses, 170
calados se encolhessem sem voz.

Acaso então Ártemis Tauropola, filha de Zeus —
ó grande fama, ó
mãe da vergonha minha —
lançou-te sobre armentos bovinos comuns? 175
Decerto graças a alguma vitória infrutífera —
ou de gloriosos despojos
defraudada, ou por indadivosas caçadas?
Ou o deus de brônzea couraça ou Eniálio,
alguma queixa tendo contra a aliada lança, com noturnas 180
maquinações vinga um ultraje?

Não, nunca — ao menos espontaneamente — na via sinistra,
filho de Télamon, andaste
tanto, a ponto de te precipitares sobre os rebanhos. 185
Pode ter sobrevindo doença divina — mas que afastem
Zeus e Febo a argiva maledicência!
E se, insinuando-as,
manipulam mentiras os grandes reis,
ou alguém da perdida raça dos Sisifidas, 190
não, não, senhor, não carregues má fama
permanecendo assim ainda na tenda à beira-mar!

Sus, ergue-te do assento onde há muito
estás fixado, neste longo ócio após a luta,

ἄταν οὐρανίαν φλέγων. 195
Ἐχθρῶν δ' ὕβρις ὧδ' ἀταρβήτως
ὁρμᾶτ' ἐν εὐανέμοισ(ι) βάσσαις,
πάντων καγχαζόντων
γλώσσαις βαρυάλγητ'·
  ἐμοὶ δ' ἄχος ἕστακεν. 200

inflamando o flagelo celeste! 195
Assim a insolência dos inimigos destemida
se lança em ventilados vales,
todos casquinando
palavras gravipungentes.
E em mim a dor fica. 200

ΤΕΚΜΗΣΣΑ
Ναὸς ἀρωγοὶ τῆς Αἴαντος,
γενεᾶς χθονίων ἀπ' Ἐρεχθειδᾶν,
ἔχομεν στοναχὰς οἱ κηδόμενοι
τοῦ Τελαμῶνος τηλόθεν οἴκου·
νῦν γὰρ ὁ δεινὸς μέγας ὠμοκρατὴς 205
Αἴας θολερῷ
κεῖται χειμῶνι νοσήσας.

Χο. Τί δ' ἐνήλλακται τῆς ἠρεμίας
νὺξ ἥδε βάρος;
παῖ τοῦ Φρυγίου ⟨σὺ⟩ Τελεύταντος, 210
λέγ', ἐπεὶ σε λέχος δουριάλωτον
στέρξας ἀνέχει θούριος Αἴας·
ὥστ' οὐκ ἂν ἄϊδρις ὑπείποις.

Τε. Πῶς δῆτα λέγω λόγον ἄρρητον;
θανάτῳ γὰρ ἴσον πάθος ἐκπεύσῃ· 215
μανίᾳ γὰρ ἁλοὺς ἡμὶν ὁ κλεινὸς
νύκτερος Αἴας ἀπελωβήθη·
τοιαῦτ' ἂν ἴδοις σκηνῆς ἔνδον
χειροδάϊκτα σφάγι' αἱμοβαφῆ,
κείνου χρηστήρια τἀνδρός. 220

Χο. Οἵαν ἐδήλωσας Str.
ἀνέρος αἴθονος ἀγγελίαν

PRIMEIRO EPISÓDIO

TECMESSA
Servidores da nau de Aias,
da raça dos autóctones Erectidas,
temos de gemer, nós que nos preocupamos
com a longínqua casa de Télamon:
agora o terrível grande espadaúdo 205
Aias por turva
borrasca jaz doente.
CORO
Que gravidade esta noite substituiu
à calmaria?
Filha do frígio Teleutas 210
fala, já que, mulher hastirrapta,
te ama e considera o arrojado Aias,
de modo que não como ignara podes responder.
TECMESSA
Como então devo falar fala nefanda?
Pois conhecerás sofrimento igual à morte: 215
tomado por loucura, nosso ilustre
Aias à noite se infamou.
Podes ver dentro da barraca tais vítimas
ensanguentadas, manucisas,
sacrifícios daquele homem. 220

CORO
Que notícia
intolerável e não evitável

    ἄτλατον οὐδὲ φευκτάν,
    τῶν μεγάλων Δαναῶν ὕπο κληζομέναν,   225
    τὰν ὁ μέγας μῦθος ἀέξει.
    Ὤιμοι φοβοῦμαι τὸ προσέρπον· περίφαντος ἀνὴρ
    θανεῖται, παραπλήκτῳ χερὶ συγκατακτὰς   230
    κελαινοῖς ξίφεσιν βοτὰ καὶ βοτῆρας ἱππονώμας.

Τε. Ὤιμοι· κεῖθεν κεῖθεν ἄρ' ἡμῖν
    δεσμῶτιν ἄγων ἤλυθε ποίμναν·
    ὧν τὴν μὲν ἔσω σφάζ' ἐπὶ γαίας,   235
    τὰ δὲ πλευροκοπῶν δίχ' ἀνερρήγνυ·
    δύο δ' ἀργίποδας κριοὺς ἀνελών,
    τοῦ μὲν κεφαλὴν καὶ γλῶσσαν ἄκραν
    ῥιπτεῖ θερίσας, τὸν δ' ὀρθὸν ἄνω
    κίονι δήσας,   240
    μέγαν ἱπποδέτην ῥυτῆρα λαβὼν
    παίει λιγυρᾷ μάστιγι διπλῇ,
    κακὰ δεννάζων ῥήμαθ' ἃ δαίμων
    κοὐδεὶς ἀνδρῶν ἐδίδαξεν.   244

Χο. Ὥρα τιν' ἤδη τοι   Ant.
    κρᾶτα καλύμμασι κρυψάμενον
    ποδοῖν κλοπὰν ἀρέσθαι,
    ἢ θοὸν εἰρεσίας ζυγὸν ἑζόμενον
    ποντοπόρῳ ναῒ μεθεῖναι·   250
    τοίας ἐρέσσουσιν ἀπειλὰς δικρατεῖς Ἀτρεῖδαι
    καθ' ἡμῶν· πεφόβημαι λιθόλευστον Ἄρη
    ξυναλγεῖν μετὰ τοῦδε τυπείς, τὸν αἶσ' ἄπλατος ἴσχει.

Τε. Οὐκέτι· λαμπρᾶς γὰρ ἄτερ στεροπᾶς   257
    ᾄξας ὀξὺς νότος ὣς λήγει,
    καὶ νῦν φρόνιμος νέον ἄλγος ἔχει.
    Τὸ γὰρ ἐσλεύσσειν οἰκεῖα πάθη,   260
    μηδενὸς ἄλλου παραπράξαντος,
       μεγάλας ὀδύνας ὑποτείνει.

Χο. Ἀλλ' εἰ πέπαυται, κάρτ' ἂν εὐτυχεῖν δοκῶ·
    φρούδου γὰρ ἤδη τοῦ κακοῦ μείων λόγος.

do varão ardente me revelaste,
pelos grandes dânaos propalada, 225
que o grande rumor amplifica!
Ai, temo o que se insinua! Manifestamente o homem
morrerá, se com estúpida mão e escura espada 230
trucidou gado e boieiros montados.

TECMESSA
Ai de mim, de lá, de lá então a nós
veio, tangendo prisioneiro rebanho:
uma parte aí dentro jugulou sobre a terra; 235
os outros, golpeando-lhes o flanco, rasgou em dois.
Mas dois albípedes carneiros ergueu
e de um, a cabeça e a ponta da língua
ceifa e arremessa; o outro de pé
prende à coluna, 240
grande rédea equina pega
e o castiga com sibilante látego duplo,
insultando-o com palavras vis que um nume,
mas nenhum homem, lhe ensinou. 244

CORO
Então já é tempo de
a cabeça com véus velar
e com pés furtivos escapulir
ou, no veloz banco de remador sentado,
em pontívaga nau lançar-se. 250
Tais ameaças os dois chefes Atridas
remam contra nós: temo Ares lapidador, atingido,
padecer com ele, que destino inabordável agarra.

TECMESSA
Não mais: sem o luzente lampejo 257
arremeteu como acerbo Noto e cessa;
mas agora, consciente, nova dor tem:
avistar os próprios padecimentos — 260
já que nenhum outro transgrediu —
grandes aflições lhe inspira.

CORO
Certo, se se apaziguou, penso que pode prosperar:
narrativa de mal extinto é menos intensa.

Τε. Πότερα δ' ἄν, εἰ νέμοι τις αἵρεσιν, λάβοις, 265
φίλους ἀνιῶν αὐτὸς ἡδονὰς ἔχειν
ἢ κοινὸς ἐν κοινοῖσι λυπεῖσθαι ξυνών;

Χο. Τό τοι διπλάζον, ὦ γύναι, μεῖζον κακόν.

Τε. Ἡμεῖς ἄρ' οὐ νοσοῦντες ἀτώμεσθα νῦν.

Χο. Πῶς τοῦτ' ἔλεξας; οὐ κάτοιδ' ὅπως λέγεις. 270

Τε. Ἀνὴρ ἐκεῖνος, ἡνίκ' ἦν ἐν τῇ νόσῳ,
αὐτὸς μὲν ἥδεθ' οἷσιν εἴχετ' ἐν κακοῖς,
ἡμᾶς δὲ τοὺς φρονοῦντας ἠνία ξυνών·
νῦν δ' ὡς ἔληξε κἀνέπνευσε τῆς νόσου,
κεῖνός τε λύπῃ πᾶς ἐλήλαται κακῇ, 275
ἡμεῖς θ' ὁμοίως οὐδὲν ἧσσον ἢ πάρος.
Ἆρ' ἔστι ταῦτα δὶς τόσ' ἐξ ἁπλῶν κακά;

Χο. Ξύμφημι δή σοι καὶ δέδοικα μὴ 'κ θεοῦ
πληγή τις ἥκῃ. Πῶς γάρ, εἰ πεπαυμένος
μηδέν τι μᾶλλον ἢ νοσῶν εὐφραίνεται; 280

Τε. Ὡς ὧδ' ἐχόντων τῶνδ' ἐπίστασθαί σε χρή.

Χο. Τίς γάρ ποτ' ἀρχὴ τοῦ κακοῦ προσέπτατο;
δήλωσον ἡμῖν τοῖς ξυναλγοῦσιν τύχας.

Τε. Ἅπαν μαθήσῃ τοὔργον, ὡς κοινωνὸς ὤν.
Κεῖνος γὰρ ἄκρας νυκτός, ἡνίχ' ἕσπεροι 285
λαμπτῆρες οὐκέτ' ᾖθον, ἄμφηκες λαβὼν
ἐμαίετ' ἔγχος ἐξόδους ἕρπειν κενάς.
Κἀγὼ 'πιπλήσσω καὶ λέγω· «Τί χρῆμα δρᾷς,
Αἴας; τί τήνδ' ἄκλητος οὔθ' ὑπ' ἀγγέλων
κληθεὶς ἀφορμᾷς πεῖραν οὔτε του κλύων 290
σάλπιγγος; ἀλλὰ νῦν γε πᾶς εὕδει στρατός.»
Ὁ δ' εἶπε πρός με βαί', ἀεὶ δ' ὑμνούμενα·
«Γύναι, γυναιξὶ κόσμον ἡ σιγὴ φέρει.»

TECMESSA
  O que, se alguém permitisse escolha, preferirias: 265
  pesando aos amigos, tu próprio teres alegrias
  ou, companheiro entre companheiros, compartilhar o luto?
CORO
  Sim, o duplicado, mulher, é um mal maior.
TECMESSA
  Nós, então, mesmo com ele já não doente, arruinamo-nos agora.
CORO
  Como disseste isso? Não compreendo o que queres dizer! 270
TECMESSA
  Aquele homem, quando estava na doença,
  ele próprio se alegrava com os males em que estava preso
  e pesava sobre nós, sãos, a nosso lado.
  Mas agora que cessou e respira após a doença,
  não só todo ele está agitado por luto ruim, 275
  mas também nós, do mesmo modo, não menos que antes.
  Acaso esses não são males dobrados a partir dos simples?
CORO
  Sim, concordo contigo. E temo que do deus
  um golpe tenha vindo: como não, se, apaziguado,
  não está nada melhor que quando doente? 280
TECMESSA
  É preciso que saibas que assim estão as coisas
CORO
  Mas qual é então a origem do mal que voou para ele?
  Mostra a nós, que padecemos junto, sua sorte.
TECMESSA
  Toda a obra saberás, pois lhe estás associado:
  Ele, na alta noite, quando vespertinas 285
  flamas não mais ardiam, empunhando bigúmeo
  gládio, ansiava por sair em vã expedição.
  E eu censuro e digo: "Que coisa fazes,
  Aias? Por que, não chamado, nem por mensageiros
  convocado nem ouvindo algum clarim, nesta empresa 290
  te precipitas? Mas agora toda a tropa dorme!"
  Ele me diz nas poucas e muito citadas palavras:
  "Mulher, das mulheres o silêncio é o adorno!"

77

Κἀγὼ μαθοῦσ' ἔληξ', ὁ δ' ἐσσύθη μόνος·
καὶ τὰς ἐκεῖ μὲν οὐκ ἔχω λέγειν πάθας· 295
ἔσω δ' ἐσῆλθε συνδέτους ἄγων ὁμοῦ
ταύρους, κύνας βοτῆρας, εὔκερών τ' ἄγραν.
Καὶ τοὺς μὲν ηὐχένιζε, τοὺς δ' ἄνω τρέπων
ἔσφαζε κἀρράχιζε, τοὺς δὲ δεσμίους
ᾐκίζεθ' ὥστε φῶτας ἐν ποίμναις πίτνων. 300
Τέλος δ' ἀπάξας διὰ θυρῶν σκιᾷ τινι
λόγους ἀνέσπα τοὺς μὲν Ἀτρειδῶν κάτα,
τοὺς δ' ἀμφ' Ὀδυσσεῖ, συντιθεὶς γέλων πολύν,
ὅσην κατ' αὐτῶν ὕβριν ἐκτείσαιτ' ἰών·
κἄπειτ' ἀπάξας αὖθις ἐς δόμους πάλιν 305
ἔμφρων μόλις πως ξὺν χρόνῳ καθίσταται.
Καὶ πλῆρες ἄτης ὡς διοπτεύει στέγος,
παίσας κάρα θώϋξεν· ἐν δ' ἐρειπίοις
νεκρῶν ἐρειφθεὶς ἕζετ' ἀρνείου φόνου,
κόμην ἀπρὶξ ὄνυξι συλλαβὼν χερί. 310
Καὶ τὸν μὲν ἧστο πλεῖστον ἄφθογγος χρόνον·
ἔπειτ' ἐμοὶ τὰ δείν' ἐπηπείλησ' ἔπη,
εἰ μὴ φανοίην πᾶν τὸ συντυχὸν πάθος,
κἀνήρετ' ἐν τῷ πράγματος κυροῖ ποτέ.
Κἀγώ, φίλοι, δείσασα τοὐξειργασμένον 315
ἔλεξα πᾶν ὅσονπερ ἐξηπιστάμην.
Ὁ δ' εὐθὺς ἐξῴμωξεν οἰμωγὰς λυγράς,
ἃς οὔποτ' αὐτοῦ πρόσθεν εἰσήκουσ' ἐγώ·
πρὸς γὰρ κακοῦ τε καὶ βαρυψύχου γόους
τοιούσδ' ἀεί ποτ' ἀνδρὸς ἐξηγεῖτ' ἔχειν· 320
ἀλλ' ἀψόφητος ὀξέων κωκυμάτων
ὑπεστέναζε, ταῦρος ὣς βρυχώμενος.
Νῦν δ' ἐν τοιᾷδε κείμενος κακῇ τύχῃ
ἄσιτος ἀνήρ, ἄποτος, ἐν μέσοις βοτοῖς
σιδηροκμῆσιν ἥσυχος θακεῖ πεσών· 325
καὶ δῆλός ἐστιν ὥς τι δρασείων κακόν·
τοιαῦτα γάρ πως καὶ λέγει κὠδύρεται.
Ἀλλ', ὦ φίλοι, τούτων γὰρ οὕνεκ' ἐστάλην,
ἀρήξατ' εἰσελθόντες, εἰ δύνασθέ τι·
φίλων γὰρ οἱ τοιοίδε νικῶνται λόγοις. 330

Eu compreendi e cessei, e ele se precipitou só.
E o que lá aconteceu não sou capaz de dizer; 295
mas voltou para dentro tangendo juntos, amarrados,
touros, cães de boieiro e pulcricórnea presa.
E uns, decapitava; outros, virando-os para cima,
jugulava e raquitomizava; outros, presos,
maltratava como homens, caindo sobre os rebanhos. 300
Enfim arremessou-se pela porta e para alguma sombra
sacava palavras — umas acerca dos Atridas,
outras sobre Odisseu — misturando-as com gargalhadas:
com quanto excesso se teria vingado deles!
Depois arremessou-se outra vez de volta para casa, 305
e arduamente, com o tempo, recobra a razão.
E, como viu o abrigo cheio de desastre,
bateu na cabeça e ganiu; entre ruínas de mortos
de ovina cruentação arruinado quedava-se,
após densamente arrancar os cabelos com as unhas. 310
E durante a maior parte do tempo quedou sem voz;
depois, ameaçou-me com aquelas terríveis palavras,
caso eu não revelasse todo o evento ocorrido,
e perguntou em que situação porventura estava.
E eu, amigos, amedrontada, o acontecimento 315
relatei, tudo quanto eu de fato sabia.
E ele logo gemeu gemidos lúgubres
que eu jamais antes ouvi dele:
pois sempre explicava que tais lamentos
são próprios de homem covarde e deprimido. 320
Mas sem o ruído de agudos uivos
soluçava, como um touro mugindo.
Agora, jazendo em tal má sorte,
sem comer, o homem, e sem beber, no meio do gado
morto por ferro senta-se imoto, onde caiu. 325
E é evidente que desejando fazer algum mal:
pois algo nesse sentido diz e lamuria.
Eia, amigos — pois é por isso que vim —
entrai e ajudai, se podeis algo:
gente assim é vencida por palavras de amigos. 330

Χο. Τέκμησσα, δεινά, παῖ Τελεύταντος, λέγεις
ἡμῖν, τὸν ἄνδρα διαπεφοιβάσθαι κακοῖς.

Αι. Ἰώ μοί μοι.

Τε. Τάχ', ὡς ἔοικε, μᾶλλον· ἢ οὐκ ἠκούσατε
Αἴαντος, οἵαν τήνδε θωύσσει βοήν; 335

Αι. Ἰώ μοί μοι.

Χο. Ἁνὴρ ἔοικεν ἢ νοσεῖν, ἢ τοῖς πάλαι
νοσήμασι ξυνοῦσι λυπεῖσθαι παρών.

Αι. Ἰὼ παῖ παῖ.

Τε. Ὤιμοι τάλαιν'· Εὐρύσακες, ἀμφὶ σοὶ βοᾷ. 340
Τί ποτε μενοινᾷ; ποῦ ποτ' εἶ; τάλαιν' ἐγώ.

Αι. Τεῦκρον καλῶ· ποῦ Τεῦκρος; ἢ τὸν εἰσαεὶ
λεηλατήσει χρόνον; ἐγὼ δ' ἀπόλλυμαι.

Χο. Ἁνὴρ φρονεῖν ἔοικεν· ἀλλ' ἀνοίγετε·
τάχ' ἄν τιν' αἰδῶ κἀπ' ἐμοὶ βλέψας λάβοι. 345

Τε. Ἰδού, διοίγω· προσβλέπειν δ' ἔξεστί σοι
τὰ τοῦδε πράγη, καὐτὸς ὡς ἔχων κυρεῖ.

Αι. Ἰὼ φίλοι ναυβάται, μόνοι ἐμῶν φίλων, Str. 1
μόνοι ⟨ἔ⟩τ' ἐμμένοντες ὀρθῷ νόμῳ, 350
ἴδεσθέ μ' οἷον ἄρτι κῦμα φοινίας ὑπὸ ζάλης
ἀμφίδρομον κυκλεῖται.

Χο. Οἴμ' ὡς ἔοικας ὀρθὰ μαρτυρεῖν ἄγαν·
δηλοῖ δὲ τοὔργον ὡς ἀφροντίστως ἔχει. 355

80

CORO
    Tecmessa, coisas terríveis, filha de Teleutas, dizes
    a nós que o homem sofreu em delírio por seus males!
AIAS   *(de dentro da barraca)*
    Ai de mim, ai!
TECMESSA
    Logo, parece, será pior: ou não ouvistes
    que espécie de grito é este que Aias gane?   335
AIAS
    Ai de mim, ai!
CORO
    O homem parece ou estar insano ou as recentes
    insanidades que o acompanham presenciar e se afligir.
AIAS
    Ai, filho, filho!
TECMESSA
    Ai de mim, desgraçada! Eurísaces, ele grita por ti!   340
    O que meditaria? Onde afinal estás? Desgraçada que sou!
AIAS
    Chamo Teucro! Onde está Teucro? Ou
    ficará a pilhar para sempre? E eu pereço!
CORO
    O homem parece estar são; eia, abri!
    Talvez tenha algum pudor, mesmo por mim, ao me ver.   345
TECMESSA
    Eis aí, abro: é-te permitido ver
    sua obra e em que estado ele se encontra.
                                    (abre as portas da barraca)
AIAS
    Ai, amigos nautas, os únicos dos meus amigos,
    os únicos que ainda permanecem no costume correto,   350
    vede que vagalhão, agora, sob borrasca cruenta,
    circunfluente redemoinha!
CORO   *(a Tecmessa)*
    Ai, como pareces ser testemunha verídica demais!
    Sua obra evidencia que está insano.   355

Αι. Ἰὼ γένος ναΐας ἀρωγὸν τέχνας,   Ant. 1
    ἅλιον ὃς ἐπέβας ἑλίσσων πλάταν,
    σέ τοι, σέ τοι μόνον δέδορκα πημονὰν ἐπαρκέσοντ'· 360
    ἀλλά με συνδάϊξον.

Χο. Εὔφημα φώνει· μὴ κακὸν κακῷ διδοὺς
    ἄκος, πλέον τὸ πῆμα τῆς ἄτης τίθει.

Αι. Ὁρᾷς τὸν θρασύν, τὸν εὐκάρδιον,   Str. 2
    τὸν ἐν δαΐοις ἄτρεστον μάχαις,   365
    ἐν ἀφόβοις με θηρσὶ δεινὸν χέρας;
    Οἴμοι γέλωτος, οἷον ὑβρίσθην ἄρα.

Τε. Μή, δέσποτ' Αἴας, λίσσομαί σ', αὔδα τάδε.

Αι. Οὐκ ἐκτός; οὐκ ἄψορρον ἐκνεμῇ πόδα;
    Αἰαῖ αἰαῖ.   370

Τε. Ὦ πρὸς θεῶν, ὕπεικε καὶ φρόνησον εὖ.

Αι. Ὦ δύσμορος, ὃς χερὶ μὲν
    μεθῆκα τοὺς ἀλάστορας,
    ἐν δ' ἑλίκεσσι βουσὶ καὶ
       κλυτοῖς πεσὼν αἰπολίοις   375
    ἐρεμνὸν αἷμ' ἔδευσα.

Χο. Τί δῆτ' ἂν ἀλγοίης ἐπ' ἐξειργασμένοις;
    Οὐ γὰρ γένοιτ' ἂν ταῦθ' ὅπως οὐχ ὧδ' ἔχειν.

Αι. Ἰὼ πάνθ' ὁρῶν, ἁπάντων τ' ἀεὶ   Ant. 2
    κακῶν ὄργανον, τέκνον Λαρτίου,   380
    κακοπινέστατόν τ' ἄλημα στρατοῦ,
    ἦ που πολὺν γέλωθ' ὑφ' ἡδονῆς ἄγεις.

Χο. Ξύν τῷ θεῷ πᾶς καὶ γελᾷ κὠδύρεται.

AIAS
    Ai, gente que serve na náutica arte,
    que embarcaste volteando o remo marinho,
    és tu, vejo que só tu virás socorrer minha dor: 360
    vai, ajuda-me a me dilacerar!
CORO
    Dize palavra favorável! Não dês ao mal mau
    remédio, nem tornes maior a dor do desastre!
AIAS
    Vês o ousado, o corajoso
    o intrépido em devastadoras batalhas,   365
    com meu terrível braço — entre feras imbeles?
    Ai, irrisão: como fui insultado!
TECMESSA
    Não, soberano Aias, suplico-te, não digas isso!
AIAS
    Não estás fora?! Não conduzes de volta teus passos?!
    Aiai, aiai!   370
TECMESSA
    Tu, pelos deuses, cede e sê sensato!
AIAS
    Ai, infeliz, que com a mesma mão
    deixei escapar os execráveis
    e, após me precipitar entre bois
    curvicórneos e ínclitas cabras,   375
    atro sangue verti!
CORO
    Por que então sofrer pelo consumado?
    Pois isso não pode se tornar o que não é.

AIAS
    Ai, tu que tudo espias, e de todos
    os males sempre artífice, filho de Laertes,   380
    tu, mais imundo biltre da tropa,
    decerto continuas a gargalhar de prazer!
CORO
    Conforme com o deus, todo homem gargalha ou lamuria.

Αι. Ἴδοιμι ⟨μήν⟩ νιν, καίπερ ὧδ' ἀτώμενος.
Ἰώ μοί μοι. 385

Χο. Μηδὲν μέγ' εἴπῃς· οὐχ ὁρᾷς ἵν' εἶ κακοῦ;

Αι. Ὦ Ζεῦ, προγόνων προπάτωρ,
πῶς ἂν τὸν αἱμυλώτατον,
ἐχθρὸν ἄλημα, τούς τε δισ-
σάρχας ὀλέσσας βασιλῆς, 390
τέλος θάνοιμι καὐτός;

Τε. Ὅταν κατεύχῃ ταῦθ', ὁμοῦ κἀμοὶ θανεῖν
εὔχου· τί γὰρ δεῖ ζῆν με σοῦ τεθνηκότος;

Αι. Ἰὼ
σκότος, ἐμὸν φάος, Str. 3
ἔρεβος ὦ φαεννότατον, ὡς ἐμοί, 395
ἕλεσθ' ἕλεσθέ μ' οἰκήτορα,
ἕλεσθέ μ'· οὔτε γὰρ θεῶν γένος
οὔθ' ἁμερίων ἔτ' ἄξιος
βλέπειν τιν' εἰς ὄνασιν ἀνθρώπων. 400
Ἀλλά μ' ἁ Διὸς ⟨μ'⟩ ἀλκίμα θεὸς
ὀλέθριον αἰκίζει.
Ποῖ τις οὖν φύγῃ; ποῖ μολὼν μενῶ
εἰ τὰ μὲν φθίνει, φίλοι τοῖσ⟨ιν⟩ ὁμοῦ 405
πέλας, μώραις δ' ἄγραις προσκείμεθα;
πᾶς δὲ στρατὸς δίπαλτος ἄν με
χειρὶ φονεύοι.

Τε. Ὦ δυστάλαινα, τοιάδ' ἄνδρα χρήσιμον 410
φωνεῖν, ἃ πρόσθεν οὗτος οὐκ ἔτλη ποτ' ἄν.

Αι. ⟨Ἰ⟩ὼ
πόροι ἁλίρροθοι Ant. 3
πάραλά τ' ἄντρα καὶ νέμος ἐπάκτιον,

AIAS
   Que eu o visse — ainda que assim miserável!
   Ai de mim, *ai* de mim! 385
CORO
   Não fales nada grandioso! Não vês em que mal estás?
AIAS
   Ó Zeus, de meus avós ancestral,
   que o mais ardiloso,
   que o odioso biltre e os dois
   reis — que eu os aniquile 390
   e que enfim eu mesmo também morra!
TECMESSA
   Sempre que rogares por isso, que eu também morra junto
   roga! Pois por que deveria viver se estivesses morto?

AIAS
   Ai
   treva, minha luz,
   ó Érebo, lucentíssimo para mim, 395
   leva, leva-me como teu habitante,
   leva-me! Pois nem para o gênero dos deuses
   nem para alguma ajuda dos efêmeros
   ainda sou digno de voltar os olhos! 400
   Não, a poderosa deusa, a filha de Zeus
   me maltrata até a perdição.
   Para onde então fugir? Aonde irei e ficarei,
   se meus feitos se esvaem, amigos, junto 405
   com estes aí, e a caçadas doidas estamos associados?
   Que todo o exército, com duas hastas
   nas mãos, me cruente!
TECMESSA
   Ah, infelicíssima! Um homem valoroso dizer 410
   palavras tais que antes não suportaria jamais!

AIAS
   Ai
   estreitos maretonítruos,
   grotas marinhas, prado sobre promontórios,

πολὺν πολύν με δαρόν τε δὴ
κατεῖχετ' ἀμφὶ Τροίαν χρόνον· 415
ἀλλ' οὐκέτι μ', οὐκέτ' ἀμπνοὰς
ἔχοντα· τοῦτό τις φρονῶν ἴστω.
Ὦ Σκαμάνδριοι γείτονες ῥοαί,
εὔφρονες Ἀργείοις, 420
οὐκέτ' ἄνδρα μὴ τόνδ' ἴδητ', ἔπος
ἐξερέω μέγ', οἷον οὔ τινα Τροία
στρατοῦ δέρχθη χθονὸς μολόντ' ἀπὸ 425
Ἑλλανίδος· τανῦν δ' ἄτιμος
ὧδε πρόκειται.

Χο. Οὔτοι σ' ἀπείργειν, οὐδ' ὅπως ἐῶ λέγειν
ἔχω, κακοῖς τοιοῖσδε συμπεπτωκότα.

Αι. Αἰαῖ· τίς ἄν ποτ' ᾤεθ' ὧδ' ἐπώνυμον 430
τοὐμὸν ξυνοίσειν ὄνομα τοῖς ἐμοῖς κακοῖς;
νῦν γὰρ πάρεστι καὶ δὶς αἰάζειν ἐμοὶ
καὶ τρίς· τοιούτοις γὰρ κακοῖς ἐντυγχάνω·
ὅτου πατὴρ μὲν τῆσδ' ἀπ' Ἰδαίας χθονὸς
τὰ πρῶτα καλλιστεῖ' ἀριστεύσας στρατοῦ 435
πρὸς οἶκον ἦλθε πᾶσαν εὔκλειαν φέρων·
ἐγὼ δ' ὁ κείνου παῖς, τὸν αὐτὸν ἐς τόπον
Τροίας ἐπελθὼν οὐκ ἐλάσσονι σθένει,
οὐδ' ἔργα μείω χειρὸς ἀρκέσας ἐμῆς,
ἄτιμος Ἀργείοισιν ὧδ' ἀπόλλυμαι. 440
Καίτοι τοσοῦτόν γ' ἐξεπίστασθαι δοκῶ·
εἰ ζῶν Ἀχιλλεὺς τῶν ὅπλων τῶν ὧν πέρι
κρίνειν ἔμελλε κράτος ἀριστείας τινί,
οὐκ ἄν τις αὔτ' ἔμαρψεν ἄλλος ἀντ' ἐμοῦ.
Νῦν δ' αὔτ' Ἀτρεῖδαι φωτὶ παντουργῷ φρένας 445
ἔπραξαν, ἀνδρὸς τοῦδ' ἀπώσαντες κράτη·
κεἰ μὴ τόδ' ὄμμα καὶ φρένες διάστροφοι
γνώμης ἀπῇξαν τῆς ἐμῆς, οὐκ ἄν ποτε
δίκην κατ' ἄλλου φωτὸς ὧδ' ἐψήφισαν.
Νῦν δ' ἡ Διὸς γοργῶπις ἀδάματος θεὰ 450
ἤδη μ' ἐπ' αὐτοῖς χεῖρ' ἐπευθύνοντ' ἐμὴν
ἔσφηλεν, ἐμβαλοῦσα λυσσώδη νόσον,

por muito, muito tempo já
me retivestes ao redor de Troia — 415
mas não mais, não mais respirando!
Quem estiver são que o saiba.
Ó curso do Escamandro próximo,
benevolente para os argivos, 420
não mais deves ver este homem — direi
palavra grandiosa — como o qual Troia
não viu na tropa vinda da terra 425
grega — mas que agora, desonrado,
assim jaz.
CORO
Não posso te dissuadir, nem sei como
deixar que fales, tu caído em tais males.
AIAS
Aiai! Quem teria imaginado que assim como epônimo 430
conviria o meu nome a meus males?
Pois agora cabe-me aiar duas
e três vezes: eu me encontro em tais males!
Eu, cujo pai desta terra do Ida
conquistou a belíssima primazia na tropa 435
e para casa voltou, toda a glória trazendo!
Mas eu, seu filho, que contra a mesma região
de Troia vim com não menor força
e sobressaí em feitos não inferiores de meu braço,
não honrado pelos argivos assim pereço. 440
Contudo julgo saber ao menos tamanha verdade:
se Aquiles, vivo, quanto a suas armas
devesse decidir do triunfo das conquistas de alguém,
nenhum outro as arrebataria em meu lugar!
Mas de fato os Atridas em favor de um velhaco 445
as usurparam, desdenhando meus triunfos.
E se este meu olhar e minha mente, desencaminhados,
não se tivessem afastado de meu propósito, não mais
poderiam votar assim a sentença contra um outro homem!
Mas invencível deusa de torvo olhar, a filha de Zeus, 450
quando eu já dirigia minha mão contra eles,
enganou-me, depois de insuflar furiosa doença,

ὥστ' ἐν τοιοῖσδε χεῖρας αἱμάξαι βοτοῖς·
κεῖνοι δ' ἐπεγγελῶσιν ἐκπεφευγότες,
ἐμοῦ μὲν οὐχ ἑκόντος· εἰ δέ τις θεῶν 455
βλάπτοι, φύγοι γ' ἂν χὠ κακὸς τὸν κρείσσονα.
Καὶ νῦν τί χρὴ δρᾶν; ὅστις ἐμφανῶς θεοῖς
ἐχθαίρομαι, μισεῖ δέ μ' Ἑλλήνων στρατός,
ἔχθει δὲ Τροία πᾶσα καὶ πεδία τάδε.
Πότερα πρὸς οἴκους, ναυλόχους λιπὼν ἕδρας 460
μόνους τ' Ἀτρείδας, πέλαγος Αἰγαῖον περῶ;
Καὶ ποῖον ὄμμα πατρὶ δηλώσω φανεὶς
Τελαμῶνι; πῶς με τλήσεταί ποτ' εἰσιδεῖν
γυμνὸν φανέντα τῶν ἀριστείων ἄτερ,
ὧν αὐτὸς ἔσχε στέφανον εὐκλείας μέγαν; 465
Οὐκ ἔστι τοὔργον τλητόν. Ἀλλὰ δῆτ' ἰὼν
πρὸς ἔρυμα Τρώων, ξυμπεσὼν μόνος μόνοις
καὶ δρῶν τι χρηστόν, εἶτα λοίσθιον θάνω;
Ἀλλ' ὧδέ γ' Ἀτρείδας ἂν εὐφράναιμί που.
Οὐκ ἔστι ταῦτα· πεῖρά τις ζητητέα 470
τοιάδ' ἀφ' ἧς γέροντι δηλώσω πατρὶ
μή τοι φύσιν γ' ἄσπλαγχνος ἐκ κείνου γεγώς.
Αἰσχρὸν γὰρ ἄνδρα τοῦ μακροῦ χρῄζειν βίου,
κακοῖσιν ὅστις μηδὲν ἐξαλλάσσεται.
Τί γὰρ παρ' ἦμαρ ἡμέρα τέρπειν ἔχει 475
προσθεῖσα κἀναθεῖσα τοῦ γε κατθανεῖν;
Οὐκ ἂν πριαίμην οὐδενὸς λόγου βροτὸν
ὅστις κεναῖσιν ἐλπίσιν θερμαίνεται·
ἀλλ' ἢ καλῶς ζῆν ἢ καλῶς τεθνηκέναι
τὸν εὐγενῆ χρή. Πάντ' ἀκήκοας λόγον. 480

Χο. Οὐδεὶς ἐρεῖ ποθ' ὡς ὑπόβλητον λόγον,
Αἴας, ἔλεξας, ἀλλὰ τῆς σαυτοῦ φρενός.
Παῦσαί γε μέντοι καὶ δὸς ἀνδράσιν φίλοις
γνώμης κρατῆσαι, τάσδε φροντίδας μεθείς.

Τε. Ὦ δέσποτ' Αἴας, τῆς ἀναγκαίας τύχης 485
οὐκ ἔστιν οὐδὲν μεῖζον ἀνθρώποις κακόν.
Ἐγὼ δ' ἐλευθέρου μὲν ἐξέφυν πατρός,
εἴπερ τινὸς σθένοντος ἐν πλούτῳ Φρυγῶν·

de modo que ensanguentei as mãos em tal gado.
E aqueles escarnecem, já que escaparam —
bem contra minha vontade! Mas se um deus 455
prejudica, mesmo o mais fraco escapa ao mais forte.
E agora, o que se deve fazer? Manifestamente pelos deuses
sou odiado, detesta-me a tropa dos gregos
e odeia-me Troia inteira e esta planície!
Rumo à casa, após deixar o ancoradouro das naus 460
e os Atridas sós, o pélago Egeu devo atravessar?
Mas, ao aparecer, que olhar mostrarei a meu pai
Télamon? Como suportará, um dia, ver que
apareço despojado, sem as conquistas
das quais ele obteve a grande coroa de glória? 465
A coisa não é suportável! Ou ao contrário, indo
contra as muralhas dos troianos, precipitar-me só entre sós
e, realizando um feito valoroso, em seguida, enfim, morrer?
Mas não, assim talvez aos Atridas agradasse;
isso não pode ser! Uma empresa deve-se buscar 470
pela qual mostrarei a meu velho pai
que por natureza não nasceu dele um covarde.
É vergonhoso um homem precisar de longa vida,
se ele em nada altera seus males.
Pois em que o dia a dia lhe pode satisfazer 475
se o aproximou — mesmo ao afastá-lo — da morte?
Eu não estimaria digno de nenhuma menção o mortal
que em vazias esperanças incandesce.
Não; ou nobremente viver ou nobremente morrer
ao homem bem-nascido convém! Ouviste tudo. 480
CORO
Ninguém dirá jamais que espúrias palavras,
Aias, disseste, mas de teu próprio íntimo.
Para, contudo, e permite que homens amigos
triunfem de teu propósito, após estas ideias deixares!
TECMESSA
Ó soberano Aias, do que a fatal fortuna 485
não há nenhum mal maior para os homens.
Eu nasci de pai livre, poderoso pela riqueza,
se é verdade que algum dos frígios o seja;

νῦν δ' εἰμὶ δούλη· θεοῖς γὰρ ὧδ' ἔδοξέ που
καὶ σῇ μάλιστα χειρί. Τοιγαροῦν, ἐπεὶ 490
τὸ σὸν λέχος ξυνῆλθον, εὖ φρονῶ τὰ σά·
καί σ' ἀντιάζω πρός τ' ἐφεστίου Διὸς
εὐνῆς τε τῆς σῆς, ᾗ συνηλλάχθης ἐμοί,
μή μ' ἀξιώσῃς βάξιν ἀλγεινὴν λαβεῖν
τῶν σῶν ὑπ' ἐχθρῶν, χειρίαν ἐφείς τινι. 495
Ἧι γὰρ θάνῃς σὺ καὶ τελευτήσας ἀφῇς,
ταύτῃ νόμιζε κἀμὲ τῇ τόθ' ἡμέρᾳ
βίᾳ ξυναρπασθεῖσαν Ἀργείων ὕπο
ξὺν παιδὶ τῷ σῷ δουλίαν ἕξειν τροφήν.
Καί τις πικρὸν πρόσφθεγμα δεσποτῶν ἐρεῖ 500
λόγοις ἰάπτων· «Ἴδετε τὴν ὁμευνέτιν
Αἴαντος, ὃς μέγιστον ἴσχυσε στρατοῦ,
οἵας λατρείας ἀνθ' ὅσου ζήλου τρέφει».
Τοιαῦτ' ἐρεῖ τις, κἀμὲ μὲν δαίμων ἐλᾷ,
σοὶ δ' αἰσχρὰ τἄπη ταῦτα καὶ τῷ σῷ γένει. 505
Ἀλλ' αἴδεσαι μὲν πατέρα τὸν σὸν ἐν λυγρῷ
γήρᾳ προλείπων, αἴδεσαι δὲ μητέρα
πολλῶν ἐτῶν κληροῦχον, ἥ σε πολλάκις
θεοῖς ἀρᾶται ζῶντα πρὸς δόμους μολεῖν·
οἴκτιρε δ', ὦναξ, παῖδα τὸν σόν, εἰ νέας 510
τροφῆς στερηθεὶς σοῦ διοίσεται μόνος
ὑπ' ὀρφανιστῶν μὴ φίλων, ὅσον κακὸν
κείνῳ τε κἀμοὶ τοῦθ', ὅταν θάνῃς, νεμεῖς.
Ἐμοὶ γὰρ οὐκέτ' ἔστιν εἰς ὅ τι βλέπω
πλὴν σοῦ· σὺ γάρ μοι πατρίδ' ᾔστωσας δορί· 515
καὶ μητέρ' ἄλλη μοῖρα τὸν φύσαντά τε
καθεῖλεν Ἅιδου θανασίμους οἰκήτορας·
τίς δῆτ' ἐμοὶ γένοιτ' ἂν ἀντὶ σοῦ πατρίς;
τίς πλοῦτος; ἐν σοὶ πᾶσ' ἔγωγε σῴζομαι.
Ἀλλ' ἴσχε κἀμοῦ μνῆστιν· ἀνδρί τοι χρεὼν 520
μνήμην προσεῖναι, τερπνὸν εἴ τί που πάθῃ·
χάρις χάριν γάρ ἐστιν ἡ τίκτουσ' ἀεί·
ὅτου δ' ἀπορρεῖ μνῆστις εὖ πεπονθότος,
οὐκ ἂν λέγοιτ' ἔθ' οὗτος εὐγενὴς ἀνήρ.

agora sou escrava: decerto os deuses assim decidiram
e sobretudo teu braço. Por isso, então, depois que 490
no leito me juntei a ti, zelo por tuas coisas.
E suplico-te, por Zeus que guarda o Lar
e por teu tálamo, pelo qual estás unido a mim,
não consintas que eu receba a invectiva dolorosa
de teus inimigos, deixando-me submissa a outro! 495
Pois quando tu morreres e, finado, me abandonares,
considera que nesse dia, então, também eu,
com violência capturada pelos argivos,
junto com o filho teu, terei alimento escravo.
E alguém, sendo meu senhor, pungentes falas dirá 500
ferindo-me com palavras: "vede a concubina
de Aias, que foi o mais forte da tropa,
a que serviços, em vez de quanta inveja, ela se presta!"
Tais coisas dirá alguém, e um nume me perseguirá,
mas para ti e tua descendência vis serão esses ditos. 505
Vai, envergonha-te de abandonar teu pai em lúgubre
velhice e envergonha-te de abandonar tua mãe,
a quem cabem muitos anos, que com frequência
aos deuses ora que vivo para casa retornes!
E compadece-te, ó rei, do filho teu, se, privado 510
do alimento da infância, sozinho passará sem ti,
sob padrastos não amigos — quanto mal
para ele e para mim esse que, quando morreres, legarás!
Pois para mim já não há nada a que dirija o olhar
exceto tu: pois tu arrasaste minha pátria com lança; 515
e minha mãe e meu genitor, outro Destino
os abateu, mortos moradores do Hades.
Quem então seria, ao invés de ti, minha pátria?
Quem a riqueza? Em ti eu toda sou salva!
Vai, guarda também lembrança minha; a memória deve 520
seguir um homem, se alguma satisfação acaso experimentou:
gratidão é o que gratidão sempre engendra.
Aquele cujas lembranças de boa experiência se esvaem,
não se pode dizer ainda que seja homem bem-nascido.

Χο. Αἴας, ἔχειν σ' ἂν οἶκτον ὡς κἀγὼ φρενὶ 525
θέλοιμ' ἄν· αἰνοίης γὰρ ἂν τὰ τῆσδ' ἔπη.

Αι. Καὶ κάρτ' ἐπαίνου τεύξεται πρὸς γοῦν ἐμοῦ,
ἐὰν μόνον τὸ ταχθὲν εὖ τολμᾷ τελεῖν.

Τε. Ἀλλ' ὦ φίλ' Αἴας, πάντ' ἔγωγε πείσομαι.

Αι. Κόμιζέ νύν μοι παῖδα τὸν ἐμόν, ὡς ἴδω. 530

Τε. Καὶ μὴν φόβοισί γ' αὐτὸν ἐξελυσάμην.

Αι. Ἐν τοῖσδε τοῖς κακοῖσιν; ἢ τί μοι λέγεις;

Τε. Μὴ σοί γέ που δύστηνος ἀντήσας θάνοι.

Αι. Πρέπον γέ τἂν ἦν δαίμονος τοὐμοῦ τόδε.

Τε. Ἀλλ' οὖν ἐγὼ 'φύλαξα τοῦτό γ' ἀρκέσαι. 535

Αι. Ἐπήνεσ' ἔργον καὶ πρόνοιαν ἣν ἔθου.

Τε. Τί δῆτ' ἂν ὡς ἐκ τῶνδ' ἂν ὠφελοῖμί σε;

Αι. Δός μοι προσειπεῖν αὐτὸν ἐμφανῆ τ' ἰδεῖν.

Τε. Καὶ μὴν πέλας γε προσπόλοις φυλάσσεται.

Αι. Τί δῆτα μέλλει μὴ οὐ παρουσίαν ἔχειν; 540

Τε. Ὦ παῖ, πατὴρ καλεῖ σε. Δεῦρο προσπόλων
ἄγ' αὐτὸν ὅσπερ χερσὶν εὐθύνων κυρεῖς.

Αι. Ἕρποντι φωνεῖς, ἢ λελειμμένῳ λόγων;

Τε. Καὶ δὴ κομίζει προσπόλων ὅδ' ἐγγύθεν.

CORO
   Aias, gostaria que tivesses compaixão no espírito   525
   como eu: então aprovarias as palavras dela.
AIAS
   Sim, com certeza encontrará aprovação de minha parte
   se apenas se resignar a bem executar o ordenado.
TECMESSA
   Mas, ó caro Aias, a tudo eu obedecerei!
AIAS
   Traze então a mim o filho meu, para que o veja.   530
TECMESSA
   Certo — mas por causa de receios o afastei...
AIAS
   Durante estes meus males? Ou o que queres dizer?
TECMESSA
   Receios de que o infeliz te encontrasse e morresse.
AIAS
   Bem adequado a meu destino seria isto!
TECMESSA
   Enfim, eu cuidei ao menos de evitá-lo.   535
AIAS
   Aprovo teu ato e a precaução que tomaste.
TECMESSA
   Em que, afinal, nestas condições, te posso ajudar?
AIAS
   Deixa-me falar com ele e vê-lo face a face.
TECMESSA
   Sim... Está perto, guardado por serventes.
AIAS
   Por que então tarda em estar presente?   540
TECMESSA
   Ó filho, teu pai te chama! Traze-o aqui,
   tu, servente que o estás conduzindo pela mão!
AIAS
   Vem quem chamas ou lhe escaparam tuas palavras?
TECMESSA
   Eis; este servente o escolta de perto.

Αι. Αἶρ' αὐτόν, αἶρε δεῦρο· ταρβήσει γὰρ οὔ, 545
νεοσφαγῆ που τόνδε προσλεύσσων φόνον,
εἴπερ δικαίως ἔστ' ἐμὸς τὰ πατρόθεν.
Ἀλλ' αὐτίκ' ὠμοῖς αὐτὸν ἐν νόμοις πατρὸς
δεῖ πωλοδαμνεῖν κἀξομοιοῦσθαι φύσιν.
Ὦ παῖ, γένοιο πατρὸς εὐτυχέστερος, 550
τὰ δ' ἄλλ' ὅμοιος, καὶ γένοι' ἂν οὐ κακός.
Καίτοι σε καὶ νῦν τοῦτό γε ζηλοῦν ἔχω,
ὁθούνεκ' οὐδὲν τῶνδ' ἐπαισθάνῃ κακῶν·
ἐν τῷ φρονεῖν γὰρ μηδὲν ἥδιστος βίος,
ἕως τὸ χαίρειν καὶ τὸ λυπεῖσθαι μάθῃς. 555
Ὅταν δ' ἵκῃ πρὸς τοῦτο, δεῖ σ' ὅπως πατρὸς
δείξεις ἐν ἐχθροῖς οἷος ἐξ οἵου 'τράφης.
Τέως δὲ κούφοις πνεύμασιν βόσκου, νέαν
ψυχὴν ἀτάλλων, μητρὶ τῇδε χαρμονήν.
Οὔτοι σ' Ἀχαιῶν, οἶδα, μή τις ὑβρίσῃ 560
στυγναῖσι λώβαις, οὐδὲ χωρὶς ὄντ' ἐμοῦ·
τοῖον πυλωρὸν φύλακα Τεῦκρον ἀμφὶ σοὶ
λείψω τροφῆς ἄοκνον ἔμπα, κεἰ τανῦν
τηλωπὸς οἰχνεῖ, δυσμενῶν θήραν ἔχων.
Ἀλλ', ἄνδρες ἀσπιστῆρες, ἐνάλιος λεώς, 565
ὑμῖν τε κοινὴν τήνδ' ἐπισκήπτω χάριν,
κείνῳ τ' ἐμὴν ἀγγείλατ' ἐντολήν, ὅπως
τὸν παῖδα τόνδε πρὸς δόμους ἐμοὺς ἄγων
Τελαμῶνι δείξει μητρί τ', Ἐριβοίᾳ λέγω,
ὥς σφιν γένηται γηροβοσκὸς εἰσαεὶ 570
μέχρις οὗ μυχοὺς κίχωσι τοῦ κάτω θεοῦ.
Καὶ τἀμὰ τεύχη μήτ' ἀγωνάρχαι τινὲς
θήσουσ' Ἀχαιοῖς, μήθ' ὁ λυμεὼν ἐμός.
Ἀλλ' αὐτό μοι σύ, παῖ, λαβὼν ἐπώνυμον,
Εὐρύσακες, ἴσχε διὰ πολυρράφου στρέφων 575
πόρπακος ἑπτάβοιον ἄρρηκτον σάκος·
τὰ δ' ἄλλα τεύχη κοίν' ἐμοὶ τεθάψεται.
Ἀλλ' ὡς τάχος τὸν παῖδα τόνδ' ἤδη δέχου,
καὶ δῶμα πάκτου, μηδ' ἐπισκήνους γόους
δάκρυε· κάρτα τοι φιλοίκτιστον γυνή. 580

AIAS

Traze-o, traze-o aqui! Pois não se assustará 545
olhando talvez para esta cruentação recém-degolada,
se de fato é meu, se sou sua origem paterna.
Mas imediatamente nas rudes leis do pai
deve-se educá-lo e assemelhá-lo a minha natureza.
Ó filho, que sejas mais feliz que teu pai — 550
quanto ao resto, igual, e não serás um fraco!
Contudo agora mesmo posso invejar-te nisto,
porque não compreendes nada destes males:
no nada pensar há dulcíssima vida,
até que aprendas o comprazer-se e o afligir-se. 555
Mas quando chegares a isso, entre os inimigos
de teu pai mostra quem és e por quem foste criado!
Entretanto, apascenta-te de brisas leves, a nova
vida nutrindo para a delícia desta mãe.
Nenhum aqueu, eu sei, se excederá contra ti 560
com torpes ultrajes — nem se estiveres sem mim;
todavia diligente guarda, como é Teucro,
deixarei, protetor de tua formação, ainda que agora
para longe tenha partido à caça de inimigos.
Eia, varões escudados, multidão marinha, 565
a vós este compartilhado serviço confio:
enviai àquele minha ordem para que,
esta criança a minha casa levando,
a Télamon a mostre e a minha mãe, Eribéia,
para que lhes vele pela velhice sempre, 570
até que atinjam os abismos do deus ínfero;
e que minhas armas nenhum juiz de jogos
nem meu algoz ofereça em disputa aos aqueus!
Mas tu, filho, pega este teu epônimo,
Eurísaces, e, pela mui-cosida correia girando-o, 575
segura o inesgarçável escudo de sete couros!
As outras armas junto comigo serão sepultadas.
Vai, bem depressa recebe esta criança
e cerra as portas; e diante da barraca com guais
não chores! Coisa muito lastimeira é a mulher. 580

Πύκαζε θᾶσσον· οὐ πρὸς ἰατροῦ σοφοῦ
θρηνεῖν ἐπῳδὰς πρὸς τομῶντι πήματι.

Χο. Δέδοικ' ἀκούων τήνδε τὴν προθυμίαν·
οὐ γάρ μ' ἀρέσκει γλῶσσά σου τεθηγμένη.

Τε. Ὦ δέσποτ' Αἴας, τί ποτε δρασείεις φρενί; 585

Αι. Μὴ κρῖνε, μὴ 'ξέταζε· σωφρονεῖν καλόν.

Τε. Οἴμ' ὡς ἀθυμῶ· καί σε πρὸς τοῦ σοῦ τέκνου
καὶ θεῶν ἱκνοῦμαι μὴ προδοὺς ἡμᾶς γένῃ.

Αι. Ἄγαν γε λυπεῖς. Οὐ κάτοισθ' ἐγὼ θεοῖς
ὡς οὐδὲν ἀρκεῖν εἰμ' ὀφειλέτης ἔτι; 590

Τε. Εὔφημα φώνει.

Αι. Τοῖς ἀκούουσιν λέγε.

Τε. Σὺ δ' οὐχὶ πείσῃ;

Αι. Πόλλ' ἄγαν ἤδη θροεῖς.

Τε. Ταρβῶ γάρ, ὦναξ.

Αι. Οὐ ξυνέρξεθ' ὡς τάχος;

Τε. Πρὸς θεῶν, μαλάσσου.

Αι. Μῶρά μοι δοκεῖς φρονεῖν,
εἰ τοὐμὸν ἦθος ἄρτι παιδεύειν νοεῖς. 595

Fecha mais rápido! Não é próprio de médico sóbrio
encantar com trenos mal que exige escalpelo.

CORO
Tenho receio quando noto este ardor,
pois não me agrada tua língua afiada.

TECMESSA
Ó soberano Aias, a que em teu espírito aspiras? 585

AIAS
Não perguntes, não examines: ser sensato é um bem.

TECMESSA
Ai, como me desencorajo! Mesmo assim por teu filho
e pelos deuses suplico, não te tornes nosso desertor!

AIAS
Demais me afliges! Não vês que aos deuses
já não sou devedor de nenhum serviço? 590

TECMESSA
Dize palavra favorável!

AIAS
      Aos que ouvem fala!

TECMESSA
Não te persuadirás?

AIAS
      Já tagarelas demais.

TECMESSA
É que temo, rei!

AIAS
      Não fechareis logo?

TECMESSA
Pelos deuses, amolece!

AIAS
Estultícies pareces pensar
se meu caráter agora educar pretendes. 595

(fecha-se na barraca)

ΧΟΡΟΣ
Ὦ κλεινὰ Σαλαμίς, σὺ μέν που   Str. 1
ναίεις ἁλίπλακτος εὐδαίμων,
πᾶσιν περίφαντος αἰεί.
Ἐγὼ δ' ὁ τλάμων παλαιὸς ἀφ' οὗ χρόνος   600
Ἰδαῖα μίμνων λειμώνι' ἔπαυλα μηνῶν
ἀνήριθμος αἰὲν εὐνῶμαι
χρόνῳ τρυχόμενος, κακὰν ἐλπίδ' ἔχων   605
ἔτι μέ ποτ' ἀνύσειν τὸν ἀπότροπον ἀΐδηλον Ἅιδαν.

Καί μοι δυσθεράπευτος Αἴας   Ant. 1
ξύνεστιν ἔφεδρος, ὤμοι μοι,   610
θείᾳ μανίᾳ ξύναυλος
ὃν ἐξεπέμψω πρὶν δή ποτε θουρίῳ
κρατοῦντ' ἐν Ἄρει· νῦν δ' αὖ φρενὸς οἰοβώτας
φίλοις μέγα πένθος ηὕρηται.   615
Τὰ πρὶν δ' ἔργα χεροῖν μεγίστας ἀρετᾶς
ἄφιλα παρ' ἀφίλοις ἔπεσ' ἔπεσε μελέοις Ἀτρείδαις.   620

Ἦ που παλαιᾷ μὲν ἔντροφος ἁμέρᾳ,   Str. 2
λευκῷ δὲ γήρᾳ μάτηρ νιν ὅταν νοσοῦντα   625
φρενομόρως ἀκούσῃ,
αἴλινον αἴλινον
οὐδ' οἰκτρᾶς γόον ὄρνιθος ἀηδοῦς
ἥσει δύσμορος, ἀλλ' ὀξυτόνους μὲν ᾠδὰς   630

98

PRIMEIRO ESTÁSIMO

CORO
Ó célebre Salamina, tu decerto
feliz te ergues flutitangida,
a todos sempre notória!
Mas eu, o miserável, há muito tempo 600
nas relvosas pousadas do Ida fico
e sempre durmo, por meses incontáveis,
consumido pelo tempo, com a má expectativa 605
de um dia chegar ao odioso assombrado Hades.

E para mim o intratável Aias
comparece, novo antagonista, *ai*, 610
conviva da demência divina!
Enviaste-o outrora, poderoso no arrojado
Ares; mas agora, ruminando pensamentos solitários,
para os amigos se revela grande sofrimento. 615
E os feitos passados de seu braço, da maior excelência,
inimicícias caem para os inimigos, os fátuos Atridas. 620

Decerto sua mãe que viveu idosos dias,
em alva velhice, quando ouvir que adoeceu 625
no espírito,
uivo, uivo,
e não guai de ave lastimosa, o rouxinol,
lançará a infeliz. Mas agudos trenos 630

θρηνήσει, χερόπλακτοι δ' ἐν στέρνοισι πεσοῦνται
δοῦποι καὶ πολιᾶς ἄμυγμα χαίτας.

Κρείσσων γὰρ Ἅιδᾳ κεύθων ὁ νοσῶν μάταν,   Ant. 2
ὃς ἐκ πατρῴας ἥκων γενεᾶς ἄριστος
πολυπόνων Ἀχαιῶν,
οὐκέτι συντρόφοις
ὀργαῖς ἔμπεδος, ἀλλ' ἐκτὸς ὁμιλεῖ.   640
Ὦ τλᾶμον πάτερ, οἵαν σε μένει πυθέσθαι
παιδὸς δύσφορον ἄταν, ἃν οὔπω τις ἔθρεψεν
δίων Αἰακιδᾶν ἄτερθε τοῦδε.   645

plangerá, as mãos batendo no peito
em baques surdos e as cãs arrancando!
Melhor no Hades se ocultar o doente de loucura;
ele, que é pela família paterna o mais nobre
dos mui-padecentes aqueus,
não mais na inata
índole se firma, mas erra fora. 640
Ó, desgraçado pai, que insuportável desastre
de teu filho saberás, tal que ainda não cultivou
nenhum dos divos eacidas exceto ele! 645

ΑΙΑΣ
Ἅπανθ' ὁ μακρὸς κἀναρίθμητος χρόνος
φύει τ' ἄδηλα καὶ φανέντα κρύπτεται·
κοὐκ ἔστ' ἄελπτον οὐδέν, ἀλλ' ἁλίσκεται
χὠ δεινὸς ὅρκος χαἰ περισκελεῖς φρένες.
Κἀγὼ γάρ, ὃς τὰ δείν' ἐκαρτέρουν τότε, 650
βαφῇ σίδηρος ὥς, ἐθηλύνθην στόμα
πρὸς τῆσδε τῆς γυναικός· οἰκτίρω δέ νιν
χήραν παρ' ἐχθροῖς παῖδά τ' ὀρφανὸν λιπεῖν.
Ἀλλ' εἶμι πρός τε λουτρὰ καὶ παρακτίους
λειμῶνας, ὡς ἂν λύμαθ' ἁγνίσας ἐμὰ 655
μῆνιν βαρεῖαν ἐξαλύξωμαι θεᾶς·
μολών τε χῶρον ἔνθ' ἂν ἀστιβῆ κίχω,
κρύψω τόδ' ἔγχος τοὐμόν, ἔχθιστον βελῶν,
γαίας ὀρύξας ἔνθα μή τις ὄψεται·
ἀλλ' αὐτὸ νὺξ Ἅιδης τε σῳζόντων κάτω. 660
Ἐγὼ γάρ, ἐξ οὗ χειρὶ τοῦτ' ἐδεξάμην
παρ' Ἕκτορος δώρημα δυσμενεστάτου,
οὔπω τι κεδνὸν ἔσχον Ἀργείων πάρα·
ἀλλ' ἔστ' ἀληθὴς ἡ βροτῶν παροιμία·
ἐχθρῶν ἄδωρα δῶρα κοὐκ ὀνήσιμα. 665
Τοιγὰρ τὸ λοιπὸν εἰσόμεσθα μὲν θεοῖς
εἴκειν, μαθησόμεσθα δ' Ἀτρείδας σέβειν.
Ἄρχοντές εἰσιν, ὥσθ' ὑπεικτέον· τί μή;
Καὶ γὰρ τὰ δεινὰ καὶ τὰ καρτερώτατα
τιμαῖς ὑπείκει· τοῦτο μὲν νιφοστιβεῖς 670

SEGUNDO EPISÓDIO

AIAS *(saindo da barraca)*
Todo o invisível o longo e incontável tempo
revela, uma vez aparente, o oculta;
e nada é inesperado, mas se detém
o terrível juramento e a dura vontade.
Pois mesmo eu, que terrivelmente renitia então, 650
como ferro em têmpera, efeminei o fio da fala
por esta mulher; e lastimo deixá-la
viúva entre inimigos, e meu filho órfão.
Mas irei aos banhos e justamarítimos
prados para que purifique minha mácula 655
e à cólera pesada da deusa me furte.
E indo aonde ache região impérvia
ocultarei esta espada minha, odiosíssima arma,
após cavar a terra, para que ninguém a veja
Eia, que a Noite e o Hades a guardem embaixo! 660
Pois eu, desde que com minha mão recebi
de Heitor, inimicíssimo, essa dádiva,
não mais obtive nenhum bem dos argivos.
Mas é verdadeiro o provérbio dos mortais:
de inimigos não são dons os dons, nem úteis. 665
Por isso no futuro saberemos aos deuses
ceder e aprenderemos a venerar os Atridas.
São chefes; deve-se retroceder — por que não?
Pois mesmo o que é terrível e renitentíssimo
retrocede diante das honras: nivívago 670

103

χειμῶνες ἐκχωροῦσιν εὐκάρπῳ θέρει·
ἐξίσταται δὲ νυκτὸς αἰανὴς κύκλος
τῇ λευκοπώλῳ φέγγος ἡμέρᾳ φλέγειν·
δεινῶν τ' ἄημα πνευμάτων ἐκοίμισε
στένοντα πόντον· ἐν δ' ὁ παγκρατὴς ὕπνος   675
λύει πεδήσας, οὐδ' ἀεὶ λαβὼν ἔχει·
ἡμεῖς δὲ πῶς οὐ γνωσόμεσθα σωφρονεῖν;
Ἐγὼ δ', ἐπίσταμαι γὰρ ἀρτίως ὅτι
ὅ τ' ἐχθρὸς ἡμῖν ἐς τοσόνδ' ἐχθαρτέος,
ὡς καὶ φιλήσων αὖθις, ἔς τε τὸν φίλον   680
τοσαῦθ' ὑπουργῶν ὠφελεῖν βουλήσομαι,
ὡς αἰὲν οὐ μενοῦντα· τοῖς πολλοῖσι γὰρ
βροτῶν ἄπιστός ἐσθ' ἑταιρείας λιμήν.
Ἀλλ' ἀμφὶ μὲν τούτοισιν εὖ σχήσει. Σὺ δὲ
ἔσω θεοῖς ἐλθοῦσα διὰ τέλους, γύναι,   685
εὔχου τελεῖσθαι τοὐμὸν ὧν ἐρᾷ κέαρ.
Ὑμεῖς θ', ἑταῖροι, ταὐτὰ τῇδέ μοι τάδε
τιμᾶτε, Τεύκρῳ τ', ἢν μόλῃ, σημήνατε
μέλειν μὲν ἡμῶν, εὐνοεῖν δ' ὑμῖν ἅμα.
Ἐγὼ γὰρ εἶμ' ἐκεῖσ' ὅποι πορευτέον·   690
ὑμεῖς δ' ἃ φράζω δρᾶτε, καὶ τάχ' ἄν μ' ἴσως
πύθοισθε, κεἰ νῦν δυστυχῶ, σεσωσμένον.

inverno se retira diante de frutuoso verão,
a obscura abóbada da noite dá lugar
aos alvos corcéis do dia, a fulgurar em luz,
e rajada de terríveis ventos adormece
gemente mar. E também o todo-poderoso sono   675
liberta após atar e sempre presos não nos detém.
E nós, como não aprenderemos a ser sensatos?
Mas eu, eu acabo de descobrir que
o inimigo por nós deve ser odiado tanto
quanto nos amará de volta e que ao amigo   680
quererei, servindo, ajudar, na medida
que não o será sempre: para a maior parte
dos mortais é infiel o porto da camaradagem.
Mas quanto a isso, estará bem! E tu, mulher,
entra e aos deuses suplica que perfeitamente   685
perfaçam aquilo que meu coração deseja.
E vós, companheiros, a mesma coisa que ela
honrai e a Teucro, se vier, adverti que
cuide de nós e seja benevolente convosco.
Pois eu irei lá aonde se deve ir.   690
E vós fazei o que digo e talvez descubrais
que, mesmo se agora padeço, estou salvo!

(Aias parte; Tecmessa entra na barraca)

ΧΟΡΟΣ
Ἔφριξ' ἔρωτι, περιχαρὴς δ' ἀνεπτάμαν. Str.
Ἰὼ ἰώ, Πὰν Πάν,
ὦ Πάν, Πὰν ἁλίπλαγκτε, Κυλ- 695
λανίας χιονοκτύπου
πετραίας ἀπὸ δειράδος φάνηθ', ὤ,
θεῶν χοροποί', ἄναξ, ὅπως μοι
Νύσια Κνώσι' ὀρ-
χήματ' αὐτοδαῆ ξυνὼν ἰάψῃς. 700
Νῦν γὰρ ἐμοὶ μέλει χορεῦσαι.
Ἰκαρίων δ' ὑπὲρ πελαγέων μολὼν ἄναξ Ἀπόλλων
ὁ Δάλιος εὔγνωστος
ἐμοὶ ξυνείη διὰ παντὸς εὔφρων. 705

Ἔλυσεν αἰνὸν ἄχος ἀπ' ὀμμάτων Ἄρης. Ant.
Ἰὼ ἰώ. Νῦν αὖ,
νῦν, ὦ Ζεῦ, πάρα λευκὸν εὐ-
άμερον πελάσαι φάος
θοᾶν ὠκυάλων νεῶν, ὅτ' Αἴας 710
λαθίπονος πάλιν, θεῶν δ' αὖ
πάνθυτα θέσμι' ἐξ-
ήνυσ' εὐνομίᾳ σέβων μεγίστᾳ.
Πάνθ' ὁ μέγας χρόνος μαραίνει
κοὐδὲν ἀναύδατον φατίσαιμ' ἄν,
εὖτέ γ' ἐξ ἀέλπτων 715
Αἴας μετανεγνώσθη
θυμῶν Ἀτρείδαις μεγάλων τε νεικέων.

SEGUNDO ESTÁSIMO

CORO
Tremi de desejo e exultante esvoacei!
Ió, ió, Pan Pan!
Ó Pan flutívago, 695
da rochosa encosta
do Cilene nivipercusso aparece, oh,
condutor do coro dos deuses, rei, para que
comigo as danças da Nísia e de Cnosso
autoensinadas precipites! 700
Pois agora interessa-me dançar!
E vindo sobre o pélago Icário
possa o rei Apolo,
o Délio, manifesto,
comigo estar para sempre propício! 705

Afastou dos olhos horrível dor Ares!
Ió ió! Agora outra vez,
agora, ó Zeus, vem alva
luz de dias bons para
as velozes flutívolas naus, agora que Aias 710
de novo esquecido das penas, venerandos
ritos dos deuses cumpre,
respeitando-os segundo lei superior.
Tudo o grande tempo extingue,
e nada eu diria que é inaudito,
pois inesperadamente 715
Aias renunciou
à raiva contra os Atridas e a grandes discórdias!

ΑΓΓΕΛΟΣ
Ἄνδρες φίλοι, τὸ πρῶτον ἀγγεῖλαι θέλω·
Τεῦκρος πάρεστιν ἄρτι Μυσίων ἀπὸ 720
κρημνῶν· μέσον δὲ προσμολὼν στρατήγιον
κυδάζεται τοῖς πᾶσιν Ἀργείοις ὁμοῦ.
Στείχοντα γὰρ πρόσωθεν αὐτὸν ἐν κύκλῳ
μαθόντες ἀμφέστησαν, εἶτ' ὀνείδεσιν
ἤρασσον ἔνθεν κἄνθεν οὔτις ἔσθ' ὃς οὔ, 725
τὸν τοῦ μανέντος κἀπιβουλευτοῦ στρατοῦ
ξύναιμον ἀποκαλοῦντες, ὡς οὐκ ἀρκέσοι
τὸ μὴ οὐ πέτροισι πᾶς καταξανθεὶς θανεῖν.
Ὥστ' εἰς τοσοῦτον ἦλθον ὥστε καὶ χεροῖν
κολεῶν ἐρυστὰ διεπεραιώθη ξίφη. 730
Λήγει δ' ἔρις δραμοῦσα τοῦ προσωτάτω
ἀνδρῶν γερόντων ἐν ξυναλλαγῇ λόγου.
Ἀλλ' ἡμὶν Αἴας ποῦ 'στιν, ὡς φράσω τάδε;
τοῖς κυρίοις γὰρ πάντα χρὴ δηλοῦν λόγον.

Χο. Οὐκ ἔνδον, ἀλλὰ φροῦδος ἀρτίως, νέας 735
βουλὰς νέοισιν ἐγκαταζεύξας τρόποις.

Αγγ. Ἰοὺ ἰού·
βραδεῖαν ἡμᾶς ἆρ' ὁ τήνδε τὴν ὁδὸν
πέμπων ἔπεμψεν, ἢ 'φάνην ἐγὼ βραδύς.

Χο. Τί δ' ἐστὶ χρείας τῆσδ' ὑπεσπανισμένον; 740

108

TERCEIRO EPISÓDIO

MENSAGEIRO
Homens amigos, primeiramente quero anunciar:
Teucro acaba de chegar das escarpas mísias; 720
tendo ido à central tenda dos chefes
é injuriado por todos os argivos juntos.
Pois reconhecendo-o quando avançava de longe,
num círculo envolveram-no; então com vitupérios
agrediam-no, de um lado e de outro, todos sem exceção, 725
chamando-o consanguíneo do demente que conspira
contra a tropa; diziam que não evitaria
por pedras todo dilacerado morrer.
a tal ponto chegaram que, pelas mãos
sacadas, as espadas foram tiradas das bainhas. 730
Mas cessa a desavença, que já ia bem longe,
por meio de palavra conciliatória dos anciãos.
Mas Aias onde está, para que eu lhe diga isso?
Pois aos chefes deve-se contar toda a história.
CORO
Não está dentro, mas partiu há pouco; 735
novos planos a novos hábitos atrelou.
MENSAGEIRO
Ui ui!
Então quem nesta rota nos envia
tarde enviou — ou eu me mostrei tardo!
CORO
Mas o que, nesta urgência, foi negligenciado? 740

Αγγ. Τὸν ἄνδρ' ἀπηύδα Τεῦκρος ἔνδοθεν στέγης
μὴ 'ξω παρήκειν, πρὶν παρὼν αὐτὸς τύχῃ.

Χο. Ἀλλ' οἴχεταί τοι πρὸς τὸ κέρδιστον τραπεὶς
γνώμης, θεοῖσιν ὡς καταλλαχθῇ χόλου.

Αγγ. Ταῦτ' ἐστὶ τἄπη μωρίας πολλῆς πλέα, 745
εἴπερ τι Κάλχας εὖ φρονῶν μαντεύεται.

Χο. Ποῖον; τί δ' εἰδὼς τοῦδε πράγματος πέρι —

Αγγ. Τοσοῦτον οἶδα καὶ παρὼν ἐτύγχανον·
ἐκ γὰρ συνέδρου καὶ τυραννικοῦ κύκλου
Κάλχας μεταστὰς οἶος Ἀτρειδῶν δίχα, 750
εἰς χεῖρα Τεύκρου δεξιὰν φιλοφρόνως
θεὶς εἶπε κἀπέσκηψε παντοίᾳ τέχνῃ
εἶρξαι κατ' ἦμαρ τοὐμφανὲς τὸ νῦν τόδε
Αἴανθ' ὑπὸ σκηναῖσι μηδ' ἀφέντ' ἐᾶν,
εἰ ζῶντ' ἐκεῖνον εἰσιδεῖν θέλοι ποτέ· 755
ἐλᾷ γὰρ αὐτὸν τῇδε θἠμέρᾳ μόνῃ
δίας Ἀθάνας μῆνις, ὡς ἔφη λέγων.
Τὰ γὰρ περισσὰ κἀνόνητα σώματα
πίπτειν βαρείαις πρὸς θεῶν δυσπραξίαις
ἔφασχ' ὁ μάντις, ὅστις ἀνθρώπου φύσιν 760
βλαστὼν ἔπειτα μὴ κατ' ἄνθρωπον φρονῇ.
Κεῖνος δ' ἀπ' οἴκων εὐθὺς ἐξορμώμενος
ἄνους καλῶς λέγοντος ηὑρέθη πατρός.
Ὁ μὲν γὰρ αὐτὸν ἐννέπει· «Τέκνον, δόρι
βούλου κρατεῖν μέν, σὺν θεῷ δ' ἀεὶ κρατεῖν»· 765
ὁ δ' ὑψικόμπως κἀφρόνως ἠμείψατο·
«Πάτερ, θεοῖς μὲν κἂν ὁ μηδὲν ὢν ὁμοῦ
κράτος κατακτήσαιτ'· ἐγὼ δὲ καὶ δίχα
κείνων πέποιθα τοῦτ' ἐπισπάσειν κλέος».
Τοσόνδ' ἐκόμπει μῦθον. Εἶτα δεύτερον 770
δίας Ἀθάνας, ἡνίκ' ὀτρύνουσά νιν
ηὐδᾶτ' ἐπ' ἐχθροῖς χεῖρα φοινίαν τρέπειν,
τότ' ἀντιφωνεῖ δεινὸν ἄρρητόν τ' ἔπος·

MENSAGEIRO
Proibiu Teucro que o homem de dentro da barraca
saísse, antes que se encontrasse presente ele mesmo.
CORO
Mas partiu voltado para a mais vantajosa
decisão, para abandonar seu rancor contra os deuses!
MENSAGEIRO
Essas são palavras de grande parvoíce plenas, 745
se de fato Calcas bem-pensante profetiza algo.
CORO
O quê? O que sabes sobre este assunto?
MENSAGEIRO
Eis o tanto que sei, pois estava presente:
do círculo dos reis em assembleia
Calcas sai sozinho, sem os Atridas; 750
na mão de Teucro sua destra com benevolência
pondo, falou-lhe e recomendou que de todo modo
prendesse, durante este dia que agora brilha,
Aias na barraca e não lhe permitisse sair,
se quisesse vê-lo vivo outra vez: 755
persegui-lo-á ainda neste dia apenas
a ira da divina Atena — continuava ele a falar —
pois exacerbados e inúteis seres
caem sob pesados reveses dos deuses,
dizia o profeta, quem quer que, com natureza humana 760
nascido, depois não pensa como um homem.
E ele, logo que sua casa deixava,
desatinado revelou-se quando seu pai bem falava.
Este de fato lhe disse: "filho, com lança
pretende triunfar — mas triunfar sempre com um deus!". 765
E ele, orgulhosa e imponderadamente respondeu:
"pai, com os deuses mesmo quem não é nada
conquistaria o triunfo; mas eu, mesmo sem
eles, creio que hei de arrebatar essa glória".
Com tamanha fala se jactou! Depois novamente, 770
à divina Atena, quando, exortando-o,
instou a contra os inimigos voltar mão cruel,
retrucou esta terrível e nefanda palavra:

111

«Ἄνασσα, τοῖς ἄλλοισιν Ἀργείων πέλας
ἴστω, καθ' ἡμᾶς δ' οὔποτ' ἐκρήξει μάχη». 775
Τοιοῖσδέ τοι λόγοισιν ἀστεργῆ θεᾶς
ἐκτήσατ' ὀργήν, οὐ κατ' ἄνθρωπον φρονῶν.
Ἀλλ' εἴπερ ἔστι τῇδε θἠμέρᾳ, τάχ' ἂν
γενοίμεθ' αὐτοῦ σὺν θεῷ σωτήριοι.
Τοσαῦθ' ὁ μάντις εἶφ'· ὁ δ' εὐθὺς ἐξ ἕδρας 780
πέμπει με σοὶ φέροντα τάσδ' ἐπιστολὰς
Τεῦκρος φυλάσσειν. Εἰ δ' ἀπεστερήμεθα,
οὐκ ἔστιν ἀνὴρ κεῖνος, εἰ Κάλχας σοφός.

Χο. Ὦ δαΐα Τέκμησσα, δύσμορον γένος,
ὅρα μολοῦσα τόνδ' ὁποῖ' ἔπη θροεῖ· 785
ξυρεῖ γὰρ ἐν χρῷ τοῦτο, μὴ χαίρειν τινά.

Τε. Τί μ' αὖ τάλαιναν, ἀρτίως πεπαυμένην
κακῶν ἀτρύτων, ἐξ ἕδρας ἀνίστατε;

Χο. Τοῦδ' εἰσάκουε τἀνδρός, ὡς ἥκει φέρων
Αἴαντος ἡμῖν πρᾶξιν ἣν ἤλγησ' ἐγώ. 790

Τε. Οἴμοι, τί φῄς, ἄνθρωπε; μῶν ὀλώλαμεν;

Αγγ. Οὐκ οἶδα τὴν σὴν πρᾶξιν, Αἴαντος δ' ὅτι,
θυραῖος εἴπερ ἐστίν, οὐ θαρσῶ πέρι.

Τε. Καὶ μὴν θυραῖος, ὥστε μ' ὠδίνειν τί φῄς.

Αγγ. Ἐκεῖνον εἴργειν Τεῦκρος ἐξεφίεται 795
σκηνῆς ὕπαυλον, μηδ' ἀφιέναι μόνον.

Τε. Ποῦ δ' ἐστὶ Τεῦκρος, κἀπὶ τῷ λέγει τάδε;

Αγγ. Πάρεστ' ἐκεῖνος ἄρτι· τήνδε δ' ἔξοδον
ὀλεθρίαν Αἴαντος ἐλπίζει ῥέπειν.

Τε. Οἴμοι τάλαινα, τοῦ ποτ' ἀνθρώπων μαθών; 800

"soberana, perto dos outros argivos
fica; por nossa linha jamais romperá a luta!" 775
foi com tais palavras que a adversa ira da deusa
adquiriu, não pensando como um homem.
Mas se existe neste dia, talvez
sejamos, com um deus, seus salvadores.
Assim falou o profeta. Teucro logo se ergue 780
e me manda trazer-te essas ordens
para que as observes. Mas se falhamos,
não vive aquele homem — se Calcas é sábio.
CORO
Ó dilacerada Tecmessa, miserável criatura
vem e considera que notícias ele anuncia! 785
Pois esfola a pele, para não aprazer a ninguém.
TECMESSA   *(saindo da barraca)*
Por que de novo, desgraçada que há pouco descanso
de males inexaurívies, retirai-me do repouso?
CORO
Escuta este homem, pois vem informar-nos
da situação de Aias, pela qual sofro. 790
TECMESSA
Ai de mim, que dizes, homem? Estamos perdidos?
MENSAGEIRO
Não conheço tua situação; quanto à de Aias,
se transpôs mesmo a porta, não estou confiante.
TECMESSA
Sim, ele a transpôs, de modo que padeço pelo que dizes.
MENSAGEIRO
Teucro ordena que o prendas 795
sob a barraca e que não o deixes sair só.
TECMESSA
Mas onde está Teucro e por que razão fala assim?
MENSAGEIRO
Ele chegou há pouco e teme que esta
saída ruinosa de Aias traga...
TECMESSA
Ai de mim, desgraçada! De que homem o soube? 800

Αγγ. Τοῦ Θεστορείου μάντεως, καθ' ἡμέραν
τὴν νῦν, ὅτ' αὐτῷ θάνατον ἢ βίον φέρει.

Τε. Οἲ 'γώ, φίλοι, πρόστητ' ἀναγκαίας τύχης,
καὶ σπεύσαθ' οἱ μὲν Τεῦκρον ἐν τάχει μολεῖν·
οἱ δ' ἑσπέρους ἀγκῶνας, οἱ δ' ἀντηλίους 805
ζητεῖτ' ἰόντες τἀνδρὸς ἔξοδον κακήν.
Ἔγνωκα γὰρ δὴ φωτὸς ἠπατημένη
καὶ τῆς παλαιᾶς χάριτος ἐκβεβλημένη.
Οἴμοι, τί δράσω, τέκνον; οὐχ ἱδρυτέον.
Ἀλλ' εἶμι κἀγὼ κεῖσ' ὅποιπερ ἂν σθένω. 810
Χωρῶμεν, ἐγκονῶμεν· οὐχ ἕδρας ἀκμὴ
σῴζειν θέλοντας ἄνδρα γ' ὃς σπεύδῃ θανεῖν.

Χο. Χωρεῖν ἕτοιμος, κοὐ λόγῳ δείξω μόνον·
τάχος γὰρ ἔργου καὶ ποδῶν ἅμ' ἕψεται.

Αι. Ὁ μὲν σφαγεὺς ἕστηκεν ᾗ τομώτατος 815
γένοιτ' ἄν, εἴ τῳ καὶ λογίζεσθαι σχολή,
δῶρον μὲν ἀνδρὸς Ἕκτορος ξένων ἐμοὶ
μάλιστα μισηθέντος, ἐχθίστου θ' ὁρᾶν·
πέπηγε δ' ἐν γῇ πολεμίᾳ τῇ Τρῳάδι,
σιδηροβρῶτι θηγάνῃ νεηκονής· 820
ἔπηξα δ' αὐτὸν εὖ περιστείλας ἐγώ
εὐνούστατον τῷδ' ἀνδρὶ διὰ τάχους θανεῖν.
Οὕτω μὲν εὐσκευοῦμεν· ἐκ δὲ τῶνδέ μοι
σὺ πρῶτος, ὦ Ζεῦ, καὶ γὰρ εἰκός, ἄρκεσον.
Αἰτήσομαι δέ σ' οὐ μακρὸν γέρας λαχεῖν· 825
πέμψον τιν' ἡμῖν ἄγγελον, κακὴν φάτιν
Τεύκρῳ φέροντα, πρῶτος ὥς με βαστάσῃ
πεπτῶτα τῷδε περὶ νεορράντῳ ξίφει,
καὶ μὴ πρὸς ἐχθρῶν του κατοπτευθεὶς πάρος
ῥιφθῶ κυσὶν πρόβλητος οἰωνοῖς θ' ἕλωρ. 830
Τοσαῦτά σ', ὦ Ζεῦ, προστρέπω· καλῶ δ' ἅμα
πομπαῖον Ἑρμῆν χθόνιον εὖ με κοιμίσαι,
ξὺν ἀσφαδάστῳ καὶ ταχεῖ πηδήματι

MENSAGEIRO
　Do profeta filho de Testor, no dia
　de hoje — que morte ou vida lhe traz.
TECMESSA
　Ai de mim, amigos, protegei-me da fatal fortuna
　e despachai-vos para que Teucro rapidamente venha;
　os outros aos confins do poente e do levante 805
　indo, investigai a saída funesta do homem!
　Pois entendi que quanto a ele estou enganada
　e de seu antigo favor estou privada.
　Ai, o que farei, filho? Não devo ficar sedentária.
　Mas também eu irei lá, aonde tenha forças. 810
　Partamos, apressemo-nos! Não é hora de repouso,
　se queremos salvar um homem que se despacha para morrer.
CORO
　Estou pronto para partir e mostrá-lo-ei não só com palavras,
　pois rapidez de ação e de pés as acompanhará!
　　　　　　　　　　　　　　(todos deixam a cena)
AIAS　　　　　　　　　*(só, em região deserta à beira-mar)*
　O imolador está aprumado de modo que mais cortante 815
　fique — se alguém tem lazer até para calculá-lo —
　presente do varão Heitor, de meus hóspedes
　o mais detestado e o mais odioso a meu olhar!
　Está fincado em terra hostil na Troade,
　por ferrívora mó recém-aguçado. 820
　Eu finquei-o com muito cuidado,
　benévolo para que este homem morra rápido.
　Assim, eis-nos bem preparados! E nestas condições
　tu primeiro, ó Zeus, como é adequado, ajuda-me!
　Pedir-te-ei para obter não grande privilégio: 825
　por mim, envia um mensageiro que a má notícia
　a Teucro leve, para que seja o primeiro a alçar-me,
　caído sobre esta espada recém-aspersa,
　e que por um inimigo não seja eu visto antes
　e atirado a cães e pássaros como arremessada presa! 830
　Tanto, ó Zeus, te suplico. Invoco também
　Hermes Ctônio como condutor, para que suavemente
　me adormeça com inconvulso e rápido salto

πλευρὰν διαρρήξαντα τῷδε φασγάνῳ.
Καλῶ δ' ἀρωγοὺς τὰς ἀεί τε παρθένους 835
ἀεί θ' ὁρώσας πάντα τὰν βροτοῖς πάθη,
σεμνὰς Ἐρινῦς τανύποδας μαθεῖν ἐμὲ
πρὸς τῶν Ἀτρειδῶν ὡς διόλλυμαι τάλας.
Καί σφας κακοὺς κάκιστα καὶ πανωλέθρους
ξυναρπάσειαν, ὥσπερ εἰσορῶσ' ἐμὲ 840
αὐτοσφαγῆ πίπτοντα, τὼς αὐτοσφαγεῖς
πρὸς τῶν φιλίστων ἐκγόνων ὀλοίατο.
Ἴτ', ὦ ταχεῖαι ποίνιμοί τ' Ἐρινύες,
γεύεσθε, μὴ φείδεσθε πανδήμου στρατοῦ.
Σὺ δ', ὦ τὸν αἰπὺν οὐρανὸν διφρηλατῶν 845
Ἥλιε, πατρῴαν τὴν ἐμὴν ὅταν χθόνα
ἴδῃς, ἐπισχὼν χρυσόνωτον ἡνίαν
ἄγγειλον ἄτας τὰς ἐμὰς μόρον τ' ἐμὸν
γέροντι πατρὶ τῇ τε δυστήνῳ τροφῷ.
Ἦ που τάλαινα, τήνδ' ὅταν κλύῃ φάτιν, 850
ἥσει μέγαν κωκυτὸν ἐν πάσῃ πόλει.
Ἀλλ' οὐδὲν ἔργον ταῦτα θρηνεῖσθαι μάτην,
ἀλλ' ἀρκτέον τὸ πρᾶγμα σὺν τάχει τινί.
Ὦ Θάνατε, Θάνατε, νῦν μ' ἐπίσκεψαι μολών·
καίτοι σὲ μὲν κἀκεῖ προσαυδήσω ξυνών· 855
σὲ δ', ὦ φαεννῆς ἡμέρας τὸ νῦν σέλας,
καὶ τὸν διφρευτὴν Ἥλιον προσεννέπω,
πανύστατον δή, κοὔποτ' αὖθις ὕστερον.
Ὦ φέγγος, ὦ γῆς ἱερὸν οἰκείας πέδον
Σαλαμῖνος, ὦ πατρῷον ἑστίας βάθρον, 860
κλειναί τ' Ἀθῆναι, καὶ τὸ σύντροφον γένος,
κρῆναί τε ποταμοί θ' οἵδε, καὶ τὰ Τρωϊκὰ
πεδία προσαυδῶ, χαίρετ', ὦ τροφῆς ἐμοί·
τοῦθ' ὑμὶν Αἴας τοὔπος ὕστατον θροεῖ,
τὰ δ' ἄλλ' ἐν Ἅιδου τοῖς κάτω μυθήσομαι. 865

quando as costelas tiver rompido com este gládio.
E invoco como vingadoras as sempre virgens 835
e que sempre veem todas as aflições dos mortais,
as veneráveis Erínias tenuípedes para que saibam
como, graças aos Atridas, pereço miserável!
Que a eles, vis, vilissimamente e para cabal ruína
os capturem; e assim como veem que 840
autodegolado caio, também autodegolados
pelos próprios parentes caríssimos pereçam!
Ide, ó rápidas e ultrices Erínias,
abocanhai! Não poupeis a multidão da tropa!
E tu, cujo carro escala o extremo céu, 845
ó Sol, quando a minha pátria terra
vires, retendo as áureas rédeas,
anuncia os flagelos meus e meu infortúnio
ao idoso pai e à mal-aventurada nutriz!
Decerto a desgraçada, quando ouvir esta notícia, 850
lançará grande queixume por toda a cidade.
Mas de nada serve entoar trenos em vão;
não, deve-se começar o ato com alguma rapidez.
Ó Morte, Morte, agora vem e me examina!
Porém a ti falarei também lá, junto contigo. 855
Mas a ti, brilho presente de luzidio dia,
e ao auriga Sol, eu me dirijo
pela última vez — e nunca mais depois!
Ó luz, ó sacro solo da terra natal
de Salamina, ó pátria base do lar, 860
e célebre Atena, e povo co-nutrido!
E estas fontes e rios! E também aos troianos
prados falo! Adeus, ó nutrizes meus!
Essa é a última palavra que Aias vos clama;
as outras no Hades aos ínferos direi! 865

(salta sobre a espada)

ΗΜΙΧΟΡΙΟΝ Α'
Πόνος πόνῳ πόνον φέρει·
πᾷ πᾷ
πᾷ γὰρ οὐκ ἔβαν ἐγώ;
κοὐδεὶς ἐπίσταταί με συμμαθεῖν τόπος.
Ἰδοὺ ἰδού, 870
δοῦπον αὖ κλύω τινά.

ΗΜΙΧΟΡΙΟΝ Β'
Ἡμῶν γε ναὸς κοινόπλουν ὁμιλίαν.

Α' Τί οὖν δή;

Β' Πᾶν ἐστίβηται πλευρὸν ἕσπερον νεῶν.

Α' Ἔχεις οὖν; 875

Β' Πόνου γε πλῆθος, κοὐδὲν εἰς ὄψιν πλέον.

Α' Ἀλλ' οὐδὲ μὲν δὴ τὴν ἀφ' ἡλίου βολῶν
κέλευθον ἀνὴρ οὐδαμοῦ δηλοῖ φανείς.

EPIPÁRODO

PRIMEIRO HEMICORO
Pena sobre pena pena traz!
Por onde, por onde,
por onde pois não passei eu?
E nenhum lugar me sabe informado!
Eis, eis! 870
Um ruído agora ouço!

SEGUNDO HEMICORO
Sim, nós, co-tripulantes da nau, teus companheiros!
PRIMEIRO HEMICORO
E então?
SEGUNDO HEMICORO
Está percorrido todo o flanco ao poente das naus.
PRIMEIRO HEMICORO
Então encontraste? 875
SEGUNDO HEMICORO
Sim, plenitude de pena — e para a vista nada mais.
PRIMEIRO HEMICORO
Mas tampouco pela rota dos raios do sol
o homem nenhures, aparecendo, se mostra!

ΧΟΡΟΣ
   Τίς ἂν δῆ(τά) μοι, τίς ἂν φιλοπόνῳ   Str.
   ἁλιαδᾶν ἔχων ἀΰπνους ἄγρας,   880
   ἢ τίς Ὀλυμπιάδων θεᾶν, ἢ ῥυτῶν
   Βοσπορίων ποταμῶν,
   τὸν ὠμόθυμον εἴ ποθι   885
   πλαζόμενον λεύσσων
   ἀπύοι; σχέτλια γὰρ
   ἐμέ γε τὸν μακρῶν ἀλάταν πόνων
   οὐρίῳ μὴ πελάσαι δρόμῳ,
   ἀλλ' ἀμενηνὸν ἄνδρα μὴ λεύσσειν ὅπου.   890

Τε. Ἰώ μοί μοι.

Χο. Τίνος βοὴ πάραυλος ἐξέβη νάπους;

Τε. Ἰὼ τλήμων.

Χο. Τὴν δουρίληπτον δύσμορον νύμφην ὁρῶ
    Τέκμησσαν, οἴκτῳ τῷδε συγκεκραμένην.   895

Τε. Οἴχωκ', ὄλωλα, διαπεπόρθημαι, φίλοι.

Χο. Τί δ' ἔστιν;

Τε. Αἴας ὅδ' ἡμῖν ἀρτίως νεοσφαγὴς
    κεῖται κρυφαίῳ φασγάνῳ περιπτυχής.

120

KOMMÓS

CORO
　Quem então, quem dos penantes
　flutígenos em insone caçada 880
　ou quem das Olimpíades deusas, ou dos rios
　que correm ao Bósforo
　— se viu algures 885
　o extraviado crudicorde —
　o chamaria para mim? Pois é triste
　que eu, errante em grandes penas,
　sob aura não me encontre em singradura,
　mas inânime homem não veja onde está! 890
TECMESSA
　Ai de mim, *ai* de mim!
CORO
　De quem é o grito dissonante que veio da sarça?
TECMESSA
　Ai, miserável!
CORO
　A infeliz moça hasticapta vejo,
　Tecmessa, imersa nesse lamento! 895
TECMESSA
　Estou perdida, arruinada, devastada, amigos!
CORO
　O que é?
TECMESSA
　Eis; nosso Aias recém-transpassado
　jaz, sobre oculto gládio dobrado!

Χο. Ὤμοι ἐμῶν νόστων· 900
ὤμοι, κατέπεφνες, ἄναξ,
τόνδε συνναύταν, τάλας·
ὦ ταλαίφρων γύναι.

Τε. Ὡς ὧδε τοῦδ' ἔχοντος αἰάζειν πάρα.

Χο. Τίνος ποτ' ἄρ' ἔπραξε χειρὶ δύσμορος; 905

Τε. Αὐτὸς πρὸς αὑτοῦ· δῆλον. Ἐν γάρ οἱ χθονὶ
πηκτὸν τόδ' ἔγχος περιπετὲς κατηγορεῖ.

Χο. Ὤμοι ἐμᾶς ἄτας, οἷος ἄρ' αἱμάχθης,
ἄφαρκτος φίλων· 910
ἐγὼ δ' ὁ πάντα κωφός, ὁ πάντ' ἄϊδρις,
κατημέλησα· πᾶ πᾶ
κεῖται ὁ δυστράπελος
δυσώνυμος Αἴας;

Τε. Οὔτοι θεατός· ἀλλά νιν περιπτυχεῖ 915
φάρει καλύψω τῷδε παμπήδην, ἐπεὶ
οὐδεὶς ἂν ὅστις καὶ φίλος τλαίη βλέπειν
φυσῶντ' ἄνω πρὸς ῥῖνας ἔκ τε φοινίας
πληγῆς μελανθὲν αἷμ' ἀπ' οἰκείας σφαγῆς.
Οἴμοι, τί δράσω; τίς σε βαστάσει φίλων; 920
Ποῦ Τεῦκρος; ὡς ἀκμαῖος, εἰ βαίη, μόλοι,
πεπτῶτ' ἀδελφὸν τόνδε συγκαθαρμόσαι.
Ὦ δύσμορ' Αἴας, οἷος ὢν οἵως ἔχεις,
ὡς καὶ παρ' ἐχθροῖς ἄξιος θρήνων τυχεῖν.

Χο. Ἔμελλες, τάλας, ἔμελλες χρόνῳ Ant. 925
στερεόφρων ἄρ' ἐξανύσσειν κακὰν
μοῖραν ἀπειρεσίων πόνων. Τοῖά μοι
πάννυχα καὶ φαέθοντ'
ἀνεστέναζες ὠμόφρων 930
ἐχθοδόπ' Ἀτρείδαις

CORO
   Ai de mim, meu retorno! 900
   Ai, assassinaste, rei,
   este co-nauta, ó mísero!
   Ó miserável mulher!
TECMESSA
   Estando ele assim, resta aiar!
CORO
   Pela mão de quem, então, o realizou o infeliz? 905
TECMESSA
   Agiu por si mesmo. É evidente. Pois esta espada
   que na terra fincou e sobre a qual caiu o acusa.
CORO
   Ai, meu desvario! Então te ensanguentaste assim,
   desprotegido pelos amigos! 910
   E eu, a tudo surdo, de tudo ignorante,
   negligenciei! Onde, onde
   jaz o intransigente
   maldito Aias?
TECMESSA
   Não deve ser visto! Cobri-lo-ei todo 915
   com este manto sobre ele dobrado, pois
   ninguém, ao menos amigo, suportaria olhá-lo
   expelindo narina acima e de cruenta
   chaga enegrecido sangue da autodegola.
   Ai de mim, o que farei? Que amigo te alçará? 920
   Onde está Teucro? Que pronto chegue — se vier —
   para recompor este irmão caído!
   Ó infeliz Aias! O que foste e como estás!
   Mesmo para inimigos, quão digno de obter trenos!

CORO
   Devias, desgraçado, devias afinal, 925
   duricorde, cumprir funesto
   lote de infinitas penas — tais eram
   as noturnas e as luzentes
   hostilidades que, crudicorde, 930
   me gemias contra os Atridas,

οὐλίῳ σὺν πάθει.
Μέγας ἄρ' ἦν ἐκεῖνος ἄρχων χρόνος
πημάτων, ἦμος ἀριστόχειρ 935
(οὐλομένων) ὅπλων ἔκειθ' ἀγὼν πέρι.

Τε. Ἰώ μοί μοι.

Χο. Χωρεῖ πρὸς ἧπαρ, οἶδα, γενναία δύη.

Τε. Ἰώ μοί μοι.

Χο. Οὐδέν σ' ἀπιστῶ καὶ δὶς οἰμῶξαι, γύναι, 940
τοιοῦδ' ἀποβλαφθεῖσαν ἀρτίως φίλου.

Τε. Σοὶ μὲν δοκεῖν ταῦτ' ἔστ', ἐμοὶ δ' ἄγαν φρονεῖν.

Χο. Ξυναυδῶ.

Τε. Οἴμοι, τέκνον, πρὸς οἷα δουλείας ζυγὰ
χωροῦμεν, οἷοι νῷν ἐφεστᾶσιν σκοποί. 945

Χο. Ὤμοι, ἀναλγήτων
δισσῶν ἐθρόησας ἄναυδ'
ἔργ' Ἀτρειδᾶν τῷδ' ἄχει.
Ἀλλ' ἀπείργοι θεός.

Τε. Οὐκ ἂν τάδ' ἔστη τῇδε, μὴ θεῶν μέτα. 950

Χο. Ἄγαν ὑπερβριθὲς τ(όδ') ἄχθος ἤνυσαν.

Τε. Τοιόνδε μέντοι Ζηνὸς ἡ δεινὴ θεὸς
Παλλὰς φυτεύει πῆμ' Ὀδυσσέως χάριν.

Χο. Ἦ ῥα κελαινώπαν θυμὸν ἐφυβρίζει 955
πολύτλας ἀνήρ,
γελᾷ δὲ τοῖσ(ι) μαινομένοις ἄχεσιν
πολὺν γέλωτα, φεῦ, φεῦ,
ξύν τε διπλοῖ βασιλῆς
κλύοντες Ἀτρεῖδαι. 960

com ruinoso humor!
Então aquele tempo era grande origem
de sofrimentos, quando disputa 935
de excelência houve pelas ruinosas armas!
TECMESSA
Ai de mim, *ai* de mim!
CORO
Avança sobre teu fígado, sei, alta aflição.
TECMESSA
Ai de mim, *ai* de mim!
CORO
Não descreio que duas vezes deplores, 940
mulher, privada há pouco de tal amigo!
TECMESSA
Tu podes supô-lo — mas eu, senti-lo demais!
CORO
Concordo.
TECMESSA
Ai de mim, filho, para qual jugo de servidão
avançamos, tais são os guardiães que se nos impõem! 945
CORO
Ai de mim, indizível
feito clamaste dos dois
Atridas, insensíveis a esta dor.
Mas deus o evite!
TECMESSA
As coisas não estariam assim, senão com os deuses! 950
CORO
É grave demais esta carga que concederam.
TECMESSA
Sim, é um tal sofrimento que a terrível deusa
Palas, filha de Zeus, planta em favor de Odisseu!
CORO
Sim, em seu atro coração desmede-se 955
o paciente homem
e ri das loucas dores
com muito riso, *ai ai* —
e junto os dois reis
Atridas, quando ouvirem. 960

Τε. Οἱ δ' οὖν γελώντων κἀπιχαιρόντων κακοῖς
τοῖς τοῦδ'. Ἴσως τοι, κεἰ βλέποντα μὴ 'πόθουν,
θανόντ' ἂν οἰμώξειαν ἐν χρείᾳ δορός.
Οἱ γὰρ κακοὶ γνώμαισι τἀγαθὸν χεροῖν
ἔχοντες οὐκ ἴσασι, πρίν τις ἐκβάλῃ. 965
Ἐμοὶ πικρὸς τέθνηκεν ἢ κείνοις γλυκύς,
αὐτῷ δὲ τερπνός· ὧν γὰρ ἠράσθη τυχεῖν
ἐκτήσαθ' αὑτῷ, θάνατον ὅνπερ ἤθελεν.
Τί δῆτα τοῦδ' ἐπεγγελῷεν ἂν κάτα;
Θεοῖς τέθνηκεν οὗτος, οὐ κείνοισιν, οὔ. 970
Πρὸς ταῦτ' Ὀδυσσεὺς ἐν κενοῖς ὑβριζέτω·
Αἴας γὰρ αὐτοῖς οὐκέτ' ἔστιν, ἀλλ' ἐμοὶ
λιπὼν ἀνίας καὶ γόους διοίχεται.

ΤΕΥΚΡΟΣ
Ἰώ μοί μοι.

Χο. Σίγησον. Αὐδὴν γὰρ δοκῶ Τεύκρου κλύειν 975
βοῶντος ἄτης τῆσδ' ἐπίσκοπον μέλος.

Τεῦ. Ὦ φίλτατ' Αἴας, ὦ ξύναιμον ὄμμ' ἐμοί,
ἆρ' ἠμπόληκας ὥσπερ ἡ φάτις κρατεῖ;

Χο. Ὄλωλεν ἁνήρ, Τεῦκρε, τοῦτ' ἐπίστασο.

Τεῦ. Οἴμοι βαρείας ἆρα τῆς ἐμῆς τύχης. 980

Χο. Ὡς ὧδ' ἐχόντων —

Τεῦ. Ὦ τάλας ἐγώ, τάλας.

Χο. πάρα στενάζειν·

Τεῦ. Ὦ περισπερχὲς πάθος.

Χο. Ἄγαν γε, Τεῦκρε.

TECMESSA
>Que eles riam e exultem com os males
>deste homem! Se quando enxergava não o desejavam,
>morto talvez o deplorem na carência de lança!
>Pois os vis em seus juízos não sabem o bem
>que nas mãos têm, até que alguém o perca. 965
>Para mim mais pungente é sua morte que para aqueles doce—
>mas para ele é um prazer: pois o que desejou que ocorresse
>obteve para si — a morte que de fato queria.
>Por que então dele escarneceriam?
>Para os deuses morreu ele, não para aqueles, não! 970
>Por isso, que Odisseu em vão se exceda!
>Pois Aias para eles não mais é — mas para mim,
>deixou pesares e lamúrias e foi-se.

TEUCRO *(de longe)*
>Ai de mim, *ai* de mim!

CORO
>Silêncio! Pois creio ouvir a voz de Teucro 975
>gritando canto que mira este desastre!

TEUCRO
>Ó caríssimo Aias, ó olhos consanguíneos,
>então estás assim como o rumor impõe?

CORO
>Pereceu o homem, Teucro, sabe isso!

TEUCRO
>*Ai* de mim, grave então é minha sorte! 980

CORO
>Estando ele assim...

TEUCRO
>>*Ai*, desgraçado de mim!

CORO
>...Resta gemer!

TEUCRO
>>Ó acossante sofrimento!

CORO
>Sim, demais, Teucro!

Τευ. Φεῦ τάλας. Τί γὰρ τέκνον
τὸ τοῦδε; ποῦ μοι γῆς κυρεῖ τῆς Τρῳάδος;

Χο. Μόνος παρὰ σκηναῖσιν —

Τευ. Οὐχ ὅσον τάχος 985
δῆτ' αὐτὸν ἄξεις δεῦρο, μή τις ὡς κενῆς
σκύμνον λεαίνης δυσμενῶν ἀναρπάσῃ;
Ἴθ', ἐγκόνει, σύγκαμνε· τοῖς θανοῦσί τοι
φιλοῦσι πάντες κειμένοις ἐπεγγελᾶν.

Χο. Καὶ μὴν ἔτι ζῶν, Τεῦκρε, τοῦδέ σοι μέλειν 990
ἐφίεθ' ἁνὴρ κεῖνος, ὥσπερ οὖν μέλει.

Τευ. Ὦ τῶν ἁπάντων δὴ θεαμάτων ἐμοὶ
ἄλγιστον ὧν προσεῖδον ὀφθαλμοῖς ἐγώ,
ὁδός θ' ὁδῶν πασῶν ἀνιάσασα δὴ
μάλιστα τοὐμὸν σπλάγχνον, ἣν δὴ νῦν ἔβην, 995
ὦ φίλτατ' Αἴας, τὸν σὸν ὡς ἐπῃσθόμην
μόρον διώκων κἀξιχνοσκοπούμενος.
Ὀξεῖα γάρ σου βάξις ὡς θεοῦ τινος
διῆλθ' Ἀχαιοὺς πάντας ὡς οἴχῃ θανών.
Ἁγὼ κλύων δύστηνος ἐκποδὼν μὲν ὢν 1000
ὑπεστέναζον, νῦν δ' ὁρῶν ἀπόλλυμαι.
Οἴμοι.
Ἴθ', ἐκκάλυψον, ὡς ἴδω τὸ πᾶν κακόν.
Ὦ δυσθέατον ὄμμα καὶ τόλμης πικρᾶς,
ὅσας ἀνίας μοι κατασπείρας φθίνεις. 1005
Ποῖ γὰρ μολεῖν μοι δυνατόν, εἰς ποίους βροτούς,
τοῖς σοῖς ἀρήξαντ' ἐν πόνοισι μηδαμοῦ;
Ἦ πού ⟨με⟩ Τελαμών, σὸς πατὴρ ἐμός θ' ἅμα,
δέξαιτ' ἂν εὐπρόσωπος ἵλεώς τ' ἴσως
χωροῦντ' ἄνευ σοῦ· πῶς γὰρ οὔχ; ὅτῳ πάρα 1010
μηδ' εὐτυχοῦντι μηδὲν ἥδιον γελᾶν.
Οὗτος τί κρύψει; ποῖον οὐκ ἐρεῖ κακόν,
τὸν ἐκ δορὸς γεγῶτα πολεμίου νόθον,

TEUCRO
    Ai miserável! Mas o que é do filho
dele? Onde o encontro na terra de Troia?
CORO
    Só, junto às barracas...
TEUCRO   *(a Tecmessa)*
    Então não o trarás   985
bem rápido aqui, para que nenhum inimigo
o arrebate, como filhote de viúva leoa?
Vai, apressa-te, ajuda! Dos mortos
jacentes todos amam escarnecer.
                                                          (sai Tecmessa)
CORO
    Certo; e ainda vivo, Teucro, incumbia-te de cuidar   990
dele aquele homem — como de fato estás cuidando.
TEUCRO
    Ai, de todos espetáculos para mim
o mais aflitivo dos que com meus olhos vi!
Rota das rotas todas a mais pesarosa
para minhas entranhas, essa que agora trilhei,   995
apressado e seguindo-te a pista,
ó caríssimo Aias, quando soube de tua sina!
Pois afiado boato sobre ti, como se de um deus,
percorreu os aqueus todos: de que te foste, morto.
Tendo-o escutado, eu, miserável, de longe   1000
soluçava — mas agora, vendo-te, pereço!
Ai de mim!
Vai, descobre, para que eu veja inteiro o mal!
Ó assustador olhar de audácia pungente,
semeaste-me tantos pesares e te esvais!   1005
Aonde me é possível ir? Para quais mortais,
se em tuas penas nada acudi?!
Sem dúvida Télamon, teu pai e meu também,
me acolherá com bom semblante e alegre
quando eu voltar sem ti! Como não? Não costuma   1010
rir mais docemente nem ao vitorioso.
Ele, o que omitirá? Que maldade não dirá
do bastardo nascido de lança bélica

τὸν δειλίᾳ προδόντα καὶ κακανδρίᾳ
σέ, φίλτατ' Αἴας, ἢ δόλοισιν, ὡς τὰ σὰ 1015
κράτη θανόντος καὶ δόμους νέμοιμι σούς.
Τοιαῦτ' ἀνὴρ δύσοργος, ἐν γήρᾳ βαρύς,
ἐρεῖ, πρὸς οὐδὲν εἰς ἔριν θυμούμενος·
τέλος δ' ἀπωστὸς γῆς ἀπορριφθήσομαι,
δοῦλος λόγοισιν ἀντ' ἐλευθέρου φανείς. 1020
Τοιαῦτα μὲν κατ' οἶκον· ἐν Τροίᾳ δέ μοι
πολλοὶ μὲν ἐχθροί, παῦρα δ' ὠφελήσιμα·
καὶ ταῦτα πάντα σοῦ θανόντος ηὑρόμην.
Οἴμοι, τί δράσω; πῶς σ' ἀποσπάσω πικροῦ
τοῦδ' αἰόλου κνώδοντος, ὦ τάλας, ὑφ' οὗ 1025
φονέως ἄρ' ἐξέπνευσας; Εἶδες ὡς χρόνῳ
ἔμελλέ σ' Ἕκτωρ καὶ θανὼν ἀποφθίσειν;
Σκέψασθε, πρὸς θεῶν, τὴν τύχην δυοῖν βροτοῖν·
Ἕκτωρ μέν, ᾧ δὴ τοῦδ' ἐδωρήθη πάρα,
ζωστῆρι πρισθεὶς ἱππικῶν ἐξ ἀντύγων, 1030
ἐκνάπτετ' αἰὲν ἔστ' ἀπέψυξεν βίον·
οὗτος δ' ἐκείνου τήνδε δωρεὰν ἔχων
πρὸς τοῦδ' ὄλωλε θανασίμῳ πεσήματι.
Ἆρ' οὐκ Ἐρινὺς τοῦτ' ἐχάλκευσεν ξίφος,
κἀκεῖνον Ἅιδης, δημιουργὸς ἄγριος; 1035
Ἐγὼ μὲν οὖν καὶ ταῦτα καὶ τὰ πάντ' ἀεὶ
φάσκοιμ' ἂν ἀνθρώποισι μηχανᾶν θεούς·
ὅτῳ δὲ μὴ τάδ' ἐστὶν ἐν γνώμῃ φίλα,
κεῖνός τ' ἐκεῖνα στεργέτω κἀγὼ τάδε.

Χο. Μὴ τεῖνε μακράν, ἀλλ' ὅπως κρύψεις τάφῳ 1040
φράζου τὸν ἄνδρα χὤ τι μυθήσῃ τάχα.
Βλέπω γὰρ ἐχθρὸν φῶτα, καὶ τάχ' ἂν κακοῖς
γελῶν ἃ δὴ κακοῦργος ἐξίκοιτ' ἀνήρ.

Τεῦ. Τίς δ' ἐστὶν ὅντιν' ἄνδρα προσλεύσσεις στρατοῦ;

Χο. Μενέλαος, ᾧ δὴ τόνδε πλοῦν ἐστείλαμεν. 1045

Τεῦ. Ὁρῶ· μαθεῖν γὰρ ἐγγὺς ὢν οὐ δυσπετής.

que por covardia e desvirtude te traiu,
caríssimo Aias — ou por dolo, para que teus 1015
poderes e tua casa, tu morto, eu tivesse?
Tal coisa o homem irascível, grave em sua velhice,
dirá sem razão, exacerbado até a discórdia!
No fim, banido da região, serei expulso,
mencionado como escravo e não como homem livre. 1020
Isso em casa. Já em Troia, para mim há
muitos inimigos — mas pouco amparo!
E tudo isso, tu morto, encontrei.
Ai de mim, o que farei? Como te arrancarei,
desgraçado, deste pungente iriado gume, 1025
o cruentador pelo qual expiraste? Viste como enfim
Heitor, mesmo morto, te havia de aniquilar?
Considerai, pelos deuses, a sorte dos dois mortais:
Heitor, com o mesmo cinto com que por este fora
presenteado, preso ao hípico balaústre, 1030
era esfolado sem pausa até exalar a vida;
e Aias, tendo daquele este presente,
por ele pereceu em mortal queda.
Acaso não foi a Erínia que forjou essa espada,
e o cinto, Hades, bestial artesão? 1035
Quanto a mim, isso e tudo o mais, sempre,
eu diria que para os homens maquinam os deuses!
Mas se esta fala a algum juízo não agrada,
que outro outra aprove — e eu, esta.
CORO
Não te estendas, mas pensa como em tumba 1040
ocultarás o homem e no que dirás logo!
Pois enxergo um inimigo, e talvez, dos males
rindo, ele venha como homem malfeitor!
TEUCRO
Quem é o homem da tropa que divisas?
CORO
Menelau, por quem esta travessia preparamos. 1045
TEUCRO
Vejo. Estando perto, não é difícil de reconhecer.

(chega Menelau)

ΜΕΝΕΛΑΟΣ
Οὗτος, σὲ φωνῶ, τόνδε τὸν νεκρὸν χεροῖν
μὴ συγκομίζειν, ἀλλ' ἐᾶν ὅπως ἔχει.

Τευ. Τίνος χάριν τοσόνδ' ἀνήλωσας λόγον;

Με. Δοκοῦντ' ἐμοί, δοκοῦντα δ' ὃς κραίνει στρατοῦ. 1050

Τευ. Οὔκουν ἂν εἴποις ἥντιν' αἰτίαν προθείς;

Με. Ὁθούνεκ' αὐτὸν ἐλπίσαντες οἴκοθεν
ἄγειν Ἀχαιοῖς ξύμμαχόν τε καὶ φίλον,
ἐξηύρομεν ζητοῦντες ἐχθίω Φρυγῶν·
ὅστις στρατῷ ξύμπαντι βουλεύσας φόνον 1055
νύκτωρ ἐπεστράτευσεν, ὡς ἕλοι δορί·
κεἰ μὴ θεῶν τις τήνδε πεῖραν ἔσβεσεν,
ἡμεῖς μὲν ἂν τήνδ' ἣν ὅδ' εἴληχεν τύχην
θανόντες ἂν προυκείμεθ' αἰσχίστῳ μόρῳ,
οὗτος δ' ἂν ἔζη. Νῦν δ' ἐνήλλαξεν θεὸς 1060
τὴν τοῦδ' ὕβριν πρὸς μῆλα καὶ ποίμνας πεσεῖν.
Ὧν οὕνεκ' αὐτὸν οὔτις ἔστ' ἀνὴρ σθένων
τοσοῦτον ὥστε σῶμα τυμβεῦσαι τάφῳ,
ἀλλ' ἀμφὶ χλωρὰν ψάμαθον ἐκβεβλημένος
ὄρνισι φορβὴ παραλίοις γενήσεται. 1065
Πρὸς ταῦτα μηδὲν δεινὸν ἐξάρῃς μένος·
εἰ γὰρ βλέποντος μὴ 'δυνήθημεν κρατεῖν,
πάντως θανόντος γ' ἄρξομεν, κἂν μὴ θέλῃς,
χερσὶν παρευθύνοντες· οὐ γὰρ ἔσθ' ὅπου
λόγων ἀκοῦσαι ζῶν ποτ' ἠθέλησ' ἐμῶν. 1070
Καίτοι κακοῦ πρὸς ἀνδρὸς ἄνδρα δημότην
μηδὲν δικαιοῦν τῶν ἐφεστώτων κλύειν.
Οὐ γάρ ποτ' οὔτ' ἂν ἐν πόλει νόμοι καλῶς
φέροιντ' ἄν, ἔνθα μὴ καθεστήκῃ δέος,
οὔτ' ἂν στρατός γε σωφρόνως ἄρχοιτ' ἔτι 1075
μηδὲν φόβου πρόβλημα μηδ' αἰδοῦς ἔχων.
Ἀλλ' ἄνδρα χρή, κἂν σῶμα γεννήσῃ μέγα,
δοκεῖν πεσεῖν ἂν κἂν ἀπὸ σμικροῦ κακοῦ.
Δέος γὰρ ᾧ πρόσεστιν αἰσχύνη θ' ὁμοῦ,

MENELAU
Tu aí! Falo a ti! Este morto com tuas mãos
não recolhas, mas deixa-o como está!
TEUCRO
Em benefício de quem desperdiçaste tamanha fala?
MENELAU
Convém a mim, convém a quem encabeça a tropa! 1050
TEUCRO
Não poderias dizer que acusação apresentas?
MENELAU
É que tendo esperado de casa trazê-lo
como um aliado e amigo dos aqueus,
achamos, ao procurar, inimigo pior que os frígios;
ele que da tropa inteira planejou a cruentação 1055
e à noite atacou para nos capturar com lança.
E se um deus esta investida não tivesse extinto,
nós, padecendo esta sorte que ele obteve,
jazeríamos em vergonhosíssima sina —
e ele viveria! Mas um deus alternou as coisas 1060
para que seu excesso sobre gado e rebanhos caísse.
Por isso não há homem poderoso o bastante
para seu corpo sepultar em tumba,
mas, em amarelada areia jogado,
para as aves marinhas pábulo será! 1065
Diante disso, não exalces terrível ânimo!
Pois se, ele enxergando, não pudemos dominar,
ao menos, ele morto, comandaremos, queiras ou não,
com o braço contrafazendo: em nenhuma ocasião
palavras minhas, vivo, acaso quis ouvir. 1070
Mas é próprio de mau homem, homem plebeu sendo,
não julgar nada justo escutar os soberanos.
Pois jamais leis prosperariam em cidade
onde não estivesse estabelecido o temor,
nem tropa sensatamente seria comandada 1075
não tendo a barreira do medo ou do pudor!
Um homem deve, mesmo se desenvolver corpo grande,
saber que pode cair mesmo por mal pequeno.
Fica sabendo que salvação tem aquele

σωτηρίαν ἔχοντα τόνδ' ἐπίστασο· 1080
ὅπου δ' ὑβρίζειν δρᾶν θ' ἃ βούλεται παρῇ,
ταύτην νόμιζε τὴν πόλιν χρόνῳ ποτὲ
ἐξ οὐρίων δραμοῦσαν εἰς βυθὸν πεσεῖν.
Ἀλλ' ἑστάτω μοι καὶ δέος τι καίριον,
καὶ μὴ δοκῶμεν δρῶντες ἃν ἡδώμεθα 1085
οὐκ ἀντιτίσειν αὖθις ἃν λυπώμεθα.
Ἕρπει παραλλὰξ ταῦτα. Πρόσθεν οὗτος ἦν
αἴθων ὑβριστής, νῦν δ' ἐγὼ μέγ' αὖ φρονῶ.
Καί σοι προφωνῶ τόνδε μὴ θάπτειν, ὅπως
μὴ τόνδε θάπτων αὐτὸς εἰς ταφὰς πέσῃς. 1090

Χο. Μενέλαε, μὴ γνώμας ὑποστήσας σοφὰς
εἶτ' αὐτὸς ἐν θανοῦσιν ὑβριστὴς γένῃ.

Τευ. Οὐκ ἄν ποτ', ἄνδρες, ἄνδρα θαυμάσαιμ' ἔτι,
ὃς μηδὲν ὢν γοναῖσιν εἶθ' ἁμαρτάνει,
ὅθ' οἱ δοκοῦντες εὐγενεῖς πεφυκέναι 1095
τοιαῦθ' ἁμαρτάνουσιν ἐν λόγοις ἔπη.
Ἄγ', εἴπ' ἀπ' ἀρχῆς αὖθις, ἦ σὺ φῂς ἄγειν
τὸν ἄνδρ' Ἀχαιοῖς δεῦρο σύμμαχον λαβών;
οὐκ αὐτὸς ἐξέπλευσεν ὡς αὑτοῦ κρατῶν;
ποῦ σὺ στρατηγεῖς τοῦδε; ποῦ δὲ σοὶ λεῶν 1100
ἔξεστ' ἀνάσσειν ὧν ὅδ' ἤγετ' οἴκοθεν;
Σπάρτης ἀνάσσων ἦλθες, οὐχ ἡμῶν κρατῶν,
οὐδ' ἔσθ' ὅπου σοὶ τόνδε κοσμῆσαι πλέον
ἀρχῆς ἔκειτο θεσμὸς ἢ καὶ τῷδε σέ.
Ὕπαρχος ἄλλων δεῦρ' ἔπλευσας, οὐχ ὅλων 1105
στρατηγός, ὥστ' Αἴαντος ἡγεῖσθαί ποτε.
Ἀλλ' ὧνπερ ἄρχεις ἄρχε, καὶ τὰ σέμν' ἔπη
κόλαζ' ἐκείνους· τόνδε δ', εἴτε μὴ σὺ φῂς
εἴθ' ἅτερος στρατηγός, εἰς ταφὰς ἐγὼ
θήσω δικαίως οὐ τὸ σὸν δείσας στόμα. 1110
Οὐ γάρ τι τῆς σῆς οὕνεκ' ἐστρατεύσατο
γυναικός, ὥσπερ οἱ πόνου πολλοῦ πλέῳ,
ἀλλ' οὕνεχ' ὅρκων οἷσιν ἦν ἐπώμοτος,
σοῦ δ' οὐδέν· οὐ γὰρ ἠξίου τοὺς μηδένας.
Πρὸς ταῦτα πλείους δεῦρο κήρυκας λαβὼν 1115

que acompanham temor e vergonha juntos; 1080
onde é permitido exceder-se e fazer o que quiser,
considera que esta cidade, com o tempo,
depois de sob aura singrar, no pélago cai!
Mas quero que se estabeleça um temor oportuno!
E não julguemos que fazendo o que amamos 1085
não pagaremos de volta com o que detestamos!
Seguem alternadas essas coisas. Antes ele era
inflamado insolente; agora é minha vez de pensar grande.
E conclamo-te a não o sepultar — para que
tu mesmo, sepultando-o, não caias em tumba! 1090
CORO
Menelau, depois de ergueres sentenças sábias,
não te tornes tu mesmo insolente para os mortais!
TEUCRO
Não mais, homens, homem me pasmará se,
nada sendo por nascimento, um dia errar,
já que os considerados naturalmente de boa raça 1095
com tais palavras erram em seus discursos!
Vai, retoma desde o início! Então tu dizes trazer
aqui este homem para os aqueus, tendo-o como aliado?
Não zarpou por si mesmo, como dono de si mesmo?
De onde tu és seu chefe? De onde te é permitido 1100
reinar sobre gente que ele conduziu de casa?
Vieste como rei de Esparta, não nosso dono;
e que tu o governasses não estava posto
como lei de comando — não mais que ele a ti;
comandado por outros para cá vogaste — não chefe 1105
de todos de modo a um dia conduzires Aias.
Não, comanda aqueles que comandas! Com majestosas
palavras castiga-os! Mas este, quer tu digas não,
quer outro chefe, em tumba eu deporei
conforme a justiça, sem temer tua boca! 1110
Pois não veio à guerra por causa da tua
mulher, como os muito plenos de pena,
mas por causa de juras pelas quais era obrigado,
e não de ti! Pois ele não honrava os ninguém!
Diante disso, pega mais arautos — e até o chefe — 1115

135

καὶ τὸν στρατηγὸν ἦκε· τοῦ δὲ σοῦ ψόφου
οὐκ ἂν στραφείην, ἕως ἂν ᾖς οἷός περ εἶ.

Χο. Οὐδ' αὖ τοιαύτην γλῶσσαν ἐν κακοῖς φιλῶ·
τὰ σκληρὰ γάρ τοι, κἂν ὑπέρδικ' ᾖ, δάκνει.

Με. Ὁ τοξότης ἔοικεν οὐ σμικρὸν φρονεῖν. 1120

Τευ. Οὐ γὰρ βάναυσον τὴν τέχνην ἐκτησάμην.

Με. Μέγ' ἄν τι κομπάσειας, ἀσπίδ' εἰ λάβοις.

Τευ. Κἂν ψιλὸς ἀρκέσαιμι σοί γ' ὡπλισμένῳ.

Με. Ἡ γλῶσσά σου τὸν θυμὸν ὡς δεινὸν τρέφει.

Τευ. Ξὺν τῷ δικαίῳ γὰρ μέγ' ἔξεστιν φρονεῖν. 1125

Με. Δίκαια γὰρ τόνδ' εὐτυχεῖν κτείναντά με;

Τευ. Κτείναντα; δεινόν γ' εἶπας, εἰ καὶ ζῇς θανών.

Με. Θεὸς γὰρ ἐκσῴζει με, τῷδε δ' οἴχομαι.

Τευ. Μὴ νῦν ἀτίμα θεούς, θεοῖς σεσωσμένος.

Με. Ἐγὼ γὰρ ἂν ψέξαιμι δαιμόνων νόμους; 1130

Τευ. Εἰ τοὺς θανόντας οὐκ ἐᾷς θάπτειν παρών.

Με. Τούς γ' αὐτὸς αὑτοῦ πολεμίους· οὐ γὰρ καλόν.

Τευ. Ἦ σοὶ γὰρ Αἴας πολέμιος προὔστη ποτέ;

Με. Μισοῦντ' ἐμίσει, καὶ σὺ τοῦτ' ἠπίστασο.

Τευ. Κλέπτης γὰρ αὐτοῦ ψηφοποιὸς ηὑρέθης. 1135

e volta aqui! Para teu estardalhaço
não me voltaria, enquanto fores tal qual és!
CORO
Em males, de novo não amo tal língua:
a dureza, ainda que hiperjusta seja, morde!
MENELAU
O arqueiro parece não pensar pequeno! 1120
TEUCRO
Pois não é vulgar a habilidade que obtive.
MENELAU
Grande jactância terias, se portasses escudo.
TEUCRO
Mesmo nu eu enfrentaria a ti armado.
MENELAU
Quão prodigiosa coragem a língua tua cria!
TEUCRO
É que, com a justiça, pode-se pensar grande. 1125
MENELAU
É justo então este aí triunfar, matando-me?!
TEUCRO
Matando?! Disseste um prodígio, se vives morto!
MENELAU
Um deus me salvou; por este, estou perdido.
TEUCRO
Salvo por deuses, deuses não desonres agora!
MENELAU
Eu então menoscabaria as leis dos numes?! 1130
TEUCRO
Se ficas aqui e não permites enterrar os mortos!
MENELAU
Ao menos os próprios inimigos! Não é certo?
TEUCRO
Então Aias como inimigo se te opôs alguma vez?
MENELAU
Ele odiava quem o odiava e tu sabias isto.
TEUCRO
Um ladrão, manipulador de seus votos tu te mostraste! 1135

Με. Ἐν τοῖς δικασταῖς, κοὐκ ἐμοί, τόδ' ἐσφάλη.

Τευ. Πόλλ' ἂν καλῶς λάθρᾳ σὺ κλέψειας κακά.

Με. Τοῦτ' εἰς ἀνίαν τοὔπος ἔρχεταί τινι.

Τευ. Οὐ μᾶλλον, ὡς ἔοικεν, ἢ λυπήσομεν.

Με. Ἓν σοι φράσω· τόνδ' ἐστὶν οὐχὶ θαπτέον. 1140

Τευ. Ἀλλ' ἀντακούσῃ τοῦτον ὡς τεθάψεται.

Με. Ἤδη ποτ' εἶδον ἄνδρ' ἐγὼ γλώσσῃ θρασὺν
ναύτας ἐφορμήσαντα χειμῶνος τὸ πλεῖν,
ᾧ φθέγμ' ἂν οὐκ ἀνηῦρες, ἡνίκ' ἐν κακῷ
χειμῶνος εἴχετ', ἀλλ' ὑφ' εἵματος κρυφεὶς 1145
πατεῖν παρεῖχε τῷ θέλοντι ναυτίλων.
Οὕτω δὲ καὶ σὲ καὶ τὸ σὸν λάβρον στόμα
σμικροῦ νέφους τάχ' ἄν τις ἐκπνεύσας μέγας
χειμὼν κατασβέσειε τὴν πολλὴν βοήν.

Τευ. Ἐγὼ δέ γ' ἄνδρ' ὄπωπα μωρίας πλέων, 1150
ὃς ἐν κακοῖς ὕβριζε τοῖσι τῶν πέλας.
Κᾆτ' αὐτὸν εἰσιδών τις ἐμφερὴς ἐμοὶ
ὀργήν θ' ὅμοιος εἶπε τοιοῦτον λόγον·
«Ὤνθρωπε, μὴ δρᾶ τοὺς τεθνηκότας κακῶς·
εἰ γὰρ ποιήσεις, ἴσθι πημανούμενος». 1155
Τοιαῦτ' ἄνολβον ἄνδρ' ἐνουθέτει παρών.
Ὁρῶ δέ τοί νιν, κἄστιν, ὡς ἐμοὶ δοκεῖ,
οὐδείς ποτ' ἄλλος ἢ σύ. Μῶν ᾐνιξάμην;

Με. Ἄπειμι· καὶ γὰρ αἰσχρόν, εἰ πύθοιτό τις,
λόγοις κολάζειν ᾧ βιάζεσθαι παρῇ. 1160

Τευ. Ἄφερπέ νυν· κἀμοὶ γὰρ αἴσχιστον κλύειν
ἀνδρὸς ματαίου φλαῦρ' ἔπη μυθουμένου.

MENELAU
Pelos juízes, e não por mim, assim tropeçou.
TEUCRO
Não terias tu bem manipulado à socapa muitos males?
MENELAU
Essa fala resultará em pesar — para alguém!
TEUCRO
Não mais, parece, do que afligiremos.
MENELAU
Só uma coisa te direi: não se deve sepultá-lo! 1140
TEUCRO
E tu ouvirás de volta que ele será sepultado!
MENELAU
Uma vez já vi eu um homem na língua confiante
que nautas impelira, em borrasca, a vogar,
e em quem voz não encontrarias quando pelos males
da borrasca era pego — mas, sob as vestes oculto, 1145
deixava-se pisar por quem quisesse dos marujos!
Assim, também para ti e tua furiosa boca,
talvez de pequena nuvem sopre grande
borrasca e extinga teu veemente grito.
TEUCRO
Eu também um homem vi de parvoíce pleno 1150
que nos males se excedia contra seus próximos.
E então, vendo-o alguém parecido comigo
e de humor semelhante, disse tal palavra:
"ó homem, não ajas mal contra os mortos!
Pois se o fizeres, sabe-te punido!" 1155
Assim ao desvalido homem advertiu, defrontando.
Estou vendo, sim, a ele, e não me parece ser
nenhum outro senão tu! Acaso falei enigma?
MENELAU
Ir-me-ei! Pois é vergonhoso, se alguém souber,
que quem pode forçar castigue com palavras. 1160
TEUCRO
Parte então! Pois é-me vergonhosíssimo ouvir
de homem fátuo as fúteis palavras que diz!

(sai Menelau)

Χο. Ἔσται μεγάλης ἔριδός τις ἀγών.
 Ἀλλ' ὡς δύνασαι, Τεῦκρε, ταχύνας
 σπεῦσον κοίλην κάπετόν τιν' ἰδεῖν 1165
 τῷδ', ἔνθα βροτοῖς τὸν ἀείμνηστον
 τάφον εὐρώεντα καθέξει.

Τεῦ. Καὶ μὴν ἐς αὐτὸν καιρὸν οἵδε πλησίοι
 πάρεισιν ἀνδρὸς τοῦδε παῖς τε καὶ γυνή,
 τάφον περιστελοῦντε δυστήνου νεκροῦ. 1170
 Ὦ παῖ, πρόσελθε δεῦρο, καὶ σταθεὶς πέλας
 ἱκέτης ἔφαψαι πατρός, ὅς σ' ἐγείνατο.
 Θάκει δὲ προστρόπαιος ἐν χεροῖν ἔχων
 κόμας ἐμὰς καὶ τῆσδε καὶ σαυτοῦ τρίτου,
 ἱκτήριον θησαυρόν. Εἰ δέ τις στρατοῦ 1175
 βίᾳ σ' ἀποσπάσειε τοῦδε τοῦ νεκροῦ,
 κακὸς κακῶς ἄθαπτος ἐκπέσοι χθονός,
 γένους ἄπαντος ῥίζαν ἐξημημένος,
 αὕτως ὅπωσπερ τόνδ' ἐγὼ τέμνω πλόκον.
 Ἔχ' αὐτόν, ὦ παῖ, καὶ φύλασσε, μηδέ σε 1180
 κινησάτω τις, ἀλλὰ προσπεσὼν ἔχου.
 Ὑμεῖς τε μὴ γυναῖκες ἀντ' ἀνδρῶν πέλας
 παρέστατ', ἀλλ' ἀρήγετ', ἔστ' ἐγὼ μόλω
 τάφου μεληθεὶς τῷδε, κἂν μηδεὶς ἐᾷ.

CORO
  Haverá de grande discórdia uma disputa!
  Eia, o mais rápido que puderes, Teucro,
  despacha-te para uma cava cova prover 1165
  a ele, onde para os mortais inolvidável
  tumba úmida terá!

(chegam Tecmessa e Eurísaces)

TEUCRO
  Mas eis que a propósito os parentes
  deste homem chegam, seu filho e mulher,
  para cuidar da tumba do triste cadáver. 1170
  Ó filho, vem aqui e, pondo-te perto
  como suplicante, toca o pai que te gerou!
  Senta-te a rogar, nas mãos segurando
  madeixas minhas, dela e, em terceiro, tuas
  — dos suplicantes tesouro! E se alguém da tropa 1175
  por força te arrancar deste cadáver,
  que vil, vilmente insepulto, seja banido daqui,
  na raiz da raça inteira ceifado
  do mesmo modo que eu corto este cacho!
  Segura-o, ó filho, e guarda: que não te 1180
  remova ninguém, mas, ajoelhado, fica!
  E vós, não vos posteis perto como mulheres
  em vez de homens, mas defendei até que eu volte
  após preparar sua tumba — ainda que ninguém deixe!

ΧΟΡΟΣ
  Τίς ἄρα νέατος ἐς πότε λή- Str. 1
    ξει πολυπλάγκτων ἐτέων ἀριθμός, 1185
  τὰν ἄπαυστον αἰὲν ἐμοὶ
  δορυσσοήτων μόχθων ἄταν ἐπάγων
  ἂν τὰν εὐρώδη Τροΐαν, 1190
  δύστανον ὄνειδος Ἑλλάνων;

  Ὄφελε πρότερον αἰθέρα δῦ- Ant. 1
    ναι μέγαν ἢ τὸν πολύκοινον Ἅιδαν
  κεῖνος ἀνήρ, ὃς στυγερῶν
  ἔδειξεν ὅπλων Ἕλλασιν κοινὸν Ἄρη. 1195
  Ὢ πόνοι πρόγονοι πόνων·
  κεῖνος γὰρ ἔπερσεν ἀνθρώπους.

  Ἐκεῖνος οὐ στεφάνων οὔτε βαθειᾶν Str. 2
  κυλίκων νεῖμεν ἐμοὶ τέρψιν ὁμιλεῖν 1200
  οὔτε γλυκὺν αὐλῶν ὄτοβον, δύσμορος,
  οὔτ' ἐννυχίαν τέρψιν ἰαύειν·
  ἐρώτων δ' ἐρώτων ἀνέπαυσεν ὤ- 1205
  μοι. Κεῖμαι δ' ἀμέριμνος οὕτως, ἀεὶ πυκιναῖς δρόσοις
  τεγγόμενος κόμας,
    λυγρᾶς μνήματα Τροίας. 1210

  Καὶ πρὶν μὲν ἐννυχίου δείματος ἦν μοι Ant. 2
  προβολὰ καὶ βελέων θούριος Αἴας·

142

TERCEIRO ESTÁSIMO

CORO
    Qual, pois, será o derradeiro; quando
    cessará de multívagos anos a série   1185
    que o infindo desastre sempre sobre mim
    atira de lidas hastíferas
    através da larga Troia,   1190
    triste opróbrio para os gregos?

    Devia antes no éter amplo
    mergulhar ou no todo coletivo Hades
    aquele varão que das detestáveis armas
    mostrou aos gregos o coletivo Ares!   1195
    Ó penas procriadoras de penas!
    Aquele, sim, devastou os homens!

    Aquele não me concedeu o gozo de conviver
    nem com coroas nem com fundas taças,   1200
    nem o doce som das flautas, o miserável,
    nem em noturno gozo adormecer
    de amores: os amores, interrompeu-os,   1205
    ai de mim! E jazo descurado assim,
    sempre sob denso rocio
    molhado nas melenas —
    da funesta Troia monumentos!   1210

    Antes, de noturno pavor e de hastas
    era-me amparo o arrojado Aias;

νῦν δ' οὗτος ἀνεῖται στυγερῷ δαίμονι.
Τίς μοι, τίς ἔτ' οὖν τέρψις ἐπέσται; 1215
Γενοίμαν ἵν' ὑλᾶεν ἔπεστι πόν-
  του πρόβλημ' ἁλίκλυστον, ἄ-
  κραν ὑπὸ πλάκα Σουνίου, 1220
τὰς ἱερὰς ὅπως
  προσείποιμεν Ἀθάνας.

mas agora esse está devotado a detestável fado!
Qual? Qual gozo ainda sobre mim pairará?   1215
Ah, se eu estivesse onde silvoso promontório
flutilavado paira sobre o mar,
ao sopé da extrema esplanada do Súnion,   1220
para que a sacra
Atenas saudássemos!

ΤΕΥΚΡΟΣ
Καὶ μὴν ἰδὼν ἔσπευσα τὸν στρατηλάτην
Ἀγαμέμνον' ἡμῖν δεῦρο τόνδ' ὁρμώμενον·
δῆλος δέ μοὐστὶ σκαιὸν ἐκλύσων στόμα. 1225

ΑΓΑΜΕΜΝΩΝ
Σὲ δὴ τὰ δεινὰ ῥήματ' ἀγγέλλουσί μοι
τλῆναι καθ' ἡμῶν ὧδ' ἀνοιμωκτεὶ χανεῖν·
σέ τοι, τὸν ἐκ τῆς αἰχμαλωτίδος λέγω.
Ἦ που τραφεὶς ἂν μητρὸς εὐγενοῦς ἄπο
ὑψήλ' ἐκόμπεις κἀπ' ἄκρων ὡδοιπόρεις, 1230
ὅτ' οὐδὲν ὢν τοῦ μηδὲν ἀντέστης ὕπερ,
κοὔτε στρατηγοὺς οὔτε ναυάρχους μολεῖν
ἡμᾶς Ἀχαιῶν οὔτε σοῦ διωμόσω,
ἀλλ' αὐτὸς ἄρχων, ὡς σὺ φῄς, Αἴας ἔπλει.
Ταῦτ' οὐκ ἀκούειν μεγάλα πρὸς δούλων κακά; 1235
Ποίου κέκραγας ἀνδρὸς ὧδ' ὑπέρφρονα;
ποῖ βάντος ἢ ποῦ στάντος οὗπερ οὐκ ἐγώ;
Οὐκ ἆρ' Ἀχαιοῖς ἄνδρες εἰσὶ πλὴν ὅδε;
Πικροὺς ἔοιγμεν τῶν Ἀχιλλείων ὅπλων
ἀγῶνας Ἀργείοισι κηρῦξαι τότε, 1240
εἰ πανταχοῦ φανούμεθ' ἐκ Τεύκρου κακοί,
κοὐκ ἀρκέσει ποθ' ὑμῖν οὐδ' ἡσσημένοις
εἴκειν ἃ τοῖς πολλοῖσιν ἤρεσκεν κριταῖς,
ἀλλ' αἰὲν ἡμᾶς ἢ κακοῖς βαλεῖτέ που
ἢ σὺν δόλῳ κεντήσεθ' οἱ λελειμμένοι. 1245

ÊXODO

TEUCRO
Mas eis! Despachei-me ao ver o chefe
Agamêmnon que contra nós aqui avança;
é-me evidente que sinistra desatará a boca! 1225
(chega Agamêmnon)
AGAMÊMNON
Tu, anunciam-me que essas terríveis palavras
ousas escancarar contra nós assim incontrito.
Tu, sim; ao filho da cativa estou falando!
Decerto se fosses cria de mãe bem-nascida
altivezas alardearias e empertigado viandarias, 1230
pois agora, nada sendo, por quem já não é combateste
e juraste que não viemos nós chefes de tropa
nem de frota — nem dos aqueus nem de ti;
mas Aias vogava, como tu dizes, ele mesmo no comando.
Essa não é uma enorme vileza para se ouvir de escravos? 1235
Por qual homem grasnas assim soberbamente?
Aonde andou, ou onde se pôs ele, que eu não?
Então entre os aqueus não há homens exceto este?
Pungentes disputas pelas aquíleas armas
parecemos ter proclamado então aos argivos, 1240
se em toda parte nos mostraremos, graças a Teucro, vis,
e se não vos bastará, uma vez batidos,
não aquiescer ao que aprouve a muitos juízes,
mas sempre com vilezas nos alvejareis, talvez,
ou com dolo espicaçareis — vós, os derrotados! 1245

Ἐκ τῶνδε μέντοι τῶν τρόπων οὐκ ἄν ποτε
κατάστασις γένοιτ' ἂν οὐδενὸς νόμου,
εἰ τοὺς δίκῃ νικῶντας ἐξωθήσομεν
καὶ τοὺς ὄπισθεν εἰς τὸ πρόσθεν ἄξομεν.
Ἀλλ' εἰρκτέον τάδ' ἐστίν· οὐ γὰρ οἱ πλατεῖς   1250
οὐδ' εὐρύνωτοι φῶτες ἀσφαλέστατοι,
ἀλλ' οἱ φρονοῦντες εὖ κρατοῦσι πανταχοῦ.
Μέγας δὲ πλευρὰ βοῦς ὑπὸ σμικρᾶς ὅμως
μάστιγος ὀρθὸς εἰς ὁδὸν πορεύεται.
Καὶ σοὶ προσέρπον τοῦτ' ἐγὼ τὸ φάρμακον   1255
ὁρῶ τάχ', εἰ μὴ νοῦν κατακτήσῃ τινά·
ὃς ἀνδρὸς οὐκέτ' ὄντος, ἀλλ' ἤδη σκιᾶς,
θαρσῶν ὑβρίζεις κἀξελευθεροστομεῖς.
Οὐ σωφρονήσεις; οὐ μαθὼν ὃς εἶ φύσιν
ἄλλον τιν' ἄξεις ἄνδρα δεῦρ' ἐλεύθερον,   1260
ὅστις πρὸς ἡμᾶς ἀντὶ σοῦ λέξει τὰ σά;
Σοῦ γὰρ λέγοντος οὐκέτ' ἂν μάθοιμ' ἐγώ·
τὴν βάρβαρον γὰρ γλῶσσαν οὐκ ἐπαΐω.

Χο. Εἴθ' ὑμὶν ἀμφοῖν νοῦς γένοιτο σωφρονεῖν·
τούτου γὰρ οὐδὲν σφῷν ἔχω λῷον φράσαι.   1265

Τεῦ. Φεῦ· τοῦ θανόντος ὡς ταχεῖά τις βροτοῖς
χάρις διαρρεῖ καὶ προδοῦσ' ἁλίσκεται,
εἰ σοῦ γ' ὅδ' ἀνὴρ οὐδ' ἐπὶ σμικρῶν λόγων,
Αἴας, ἔτ' ἴσχει μνῆστιν, οὗ σὺ πολλάκις
τὴν σὴν προτείνων προὔκαμες ψυχὴν δορί·   1270
ἀλλ' οἴχεται δὴ πάντα ταῦτ' ἐρριμμένα.
Ὦ πολλὰ λέξας ἄρτι κἀνόητ' ἔπη,
οὐ μνημονεύεις οὐκέτ' οὐδέν, ἡνίκα
ἑρκέων ποθ' ὑμᾶς οὗτος ἐγκεκλῃμένους,
ἤδη τὸ μηδὲν ὄντας, ἐν τροπῇ δορὸς   1275
ἐρρύσατ' ἐλθὼν μοῦνος, ἀμφὶ μὲν νεῶν
ἄκροισιν ἤδη ναυτικοῖς ἐδωλίοις
πυρὸς φλέγοντος, εἰς δὲ ναυτικὰ σκάφη
πηδῶντος ἄρδην Ἕκτορος τάφρων ὕπερ;
Τίς ταῦτ' ἀπεῖρξεν; οὐχ ὅδ' ἦν ὁ δρῶν τάδε,   1280
ὃν οὐδαμοῦ φῂς οὗ σὺ μή, βῆναι ποδί;

Com certeza destes costumes jamais
estabilidade de lei nenhuma pode surgir,
se rejeitarmos os que justamente vencem
e os de trás para a frente passarmos.
Não, isso deve ser impedido! Pois nem os largos 1250
nem os espadaúdos varões são os mais inabaláveis,
mas os ponderados predominam em toda parte.
Boi de grande flancos, sob pequeno
látego porém, reto na via é guiado.
E eu vejo que esse remédio se aproxima logo 1255
de ti, se algum tino não adquires,
tu que, pelo homem que já não é senão sombra,
confiante te excedes e te desbocas.
Não serás sensato? Sabendo quem és por nascença,
não trarás aqui um outro homem, um livre, 1260
que para nós, em teu lugar, fale por ti?
Tu falando, eu não mais posso entender:
a bárbara língua não compreendo!
CORO
Oxalá para ambos tino surgisse para serdes sensatos!
Nada melhor do que isso aos dois tenho a aconselhar. 1265
TEUCRO
Ai! Quão veloz a gratidão dos mortais
pelo morto se esvai e em traição é flagrada,
se de ti, Aias, este homem, nem em breves palavras,
já não tem lembrança — por quem tu amiúde
tua vida expuseste e te extenuaste com lança! 1270
Não, vai-se tudo isso, é certo, abandonado!
Tu que falaste há pouco muitas e tolas palavras,
não mais te lembras nem um pouco da ocasião
em que, confinados vós dentro dos muros,
já éreis nada, em recuo diante da lança, 1275
e chegou e resgatou-vos ele só, quando
nos elevados náuticos tombadilhos das naus
já o fogo flamejava e para as náuticas carenas
saltava no ar Heitor por sobre as fossas?!
Quem impediu isso? Não era este que o realizava? 1280
Ele que nenhures, dizes, contigo firmou pé?

149

Ἆρ' ὑμῖν οὗτος ταῦτ' ἔδρασεν ἔνδικα;
χὤτ' αὖθις αὐτὸς Ἕκτορος μόνος μόνου,
λαχών τε κἀκέλευστος, ἦλθ' ἐναντίος,
οὐ δραπέτην τὸν κλῆρον ἐς μέσον καθεὶς 1285
ὑγρᾶς ἀρούρας βῶλον, ἀλλ' ὃς εὐλόφου
κυνῆς ἔμελλε πρῶτος ἅλμα κουφιεῖν;
Ὅδ' ἦν ὁ πράσσων ταῦτα, σὺν δ' ἐγὼ παρὼν
ὁ δοῦλος, οὐκ τῆς βαρβάρου μητρὸς γεγώς.
Δύστηνε, ποῖ βλέπων ποτ' αὐτὰ καὶ θροεῖς; 1290
Οὐκ οἶσθα σοῦ πατρὸς μὲν ὃς προὔφυ πατὴρ
ἀρχαῖον ὄντα Πέλοπα βάρβαρον Φρύγα;
Ἀτρέα δ', ὃς αὖ σ' ἔσπειρε, δυσσεβέστατον
προθέντ' ἀδελφῷ δεῖπνον οἰκείων τέκνων;
Αὐτὸς δὲ μητρὸς ἐξέφυς Κρήσσης, ἐφ' ᾗ 1295
λαβὼν ἐπακτὸν ἄνδρ' ὁ φιτύσας πατὴρ
ἐφῆκεν ἐλλοῖς ἰχθύσιν διαφθοράν.
Τοιοῦτος ὢν τοιῷδ' ὀνειδίζεις σποράν;
ὃς ἐκ πατρὸς μέν εἰμι Τελαμῶνος γεγώς,
ὅστις στρατοῦ τὰ πρῶτ' ἀριστεύσας ἐμὴν 1300
ἴσχει ξύνευνον μητέρ', ἣ φύσει μὲν ἦν
βασίλεια, Λαομέδοντος, ἔκκριτον δέ νιν
δώρημα κείνῳ 'δωκεν Ἀλκμήνης γόνος.
Ἆρ' ὧδ' ἄριστος ἐξ ἀριστέοιν δυοῖν
βλαστὼν ἂν αἰσχύνοιμι τοὺς πρὸς αἵματος, 1305
οὓς νῦν σὺ τοιοῖσδ' ἐν πόνοισι κειμένους
ὠθεῖς ἀθάπτους, οὐδ' ἐπαισχύνῃ λέγων;
Εὖ νυν τόδ' ἴσθι, τοῦτον εἰ βαλεῖτέ που,
βαλεῖτε χἠμᾶς τρεῖς ὁμοῦ συγκειμένους·
ἐπεὶ καλόν μοι τοῦδ' ὑπερπονουμένῳ 1310
θανεῖν προδήλως μᾶλλον ἢ τῆς σῆς ὑπὲρ
γυναικός, ἢ τοῦ σοῦ ξυναίμονος λέγω.
Πρὸς ταῦθ' ὅρα μὴ τοὐμόν, ἀλλὰ καὶ τὸ σόν·
ὡς εἴ με πημανεῖς τι, βουλήσῃ ποτὲ
καὶ δειλὸς εἶναι μᾶλλον ἢ 'ν ἐμοὶ θρασύς. 1315

Χο. Ἄναξ Ὀδυσσεῦ, καιρὸν ἴσθ' ἐληλυθώς,
εἰ μὴ ξυνάψων, ἀλλὰ συλλύσων πάρει.

Acaso não realizou esses atos sancionados por vós?
E quando uma outra vez ele só contra só Heitor,
sorteado e não mandado, foi como adversário?
Não um fugitivo calhau depositou no meio, 1285
gleba de terra úmida, mas um que de bem-penachada
gálea primeiro havia de, num salto, se elevar!
Era este que o fazia, e junto estava eu,
o escravo, o que de bárbara mãe foi gerado!
Infeliz, visando a que, enfim, assim troas? 1290
Não sabes que o progenitor, pai de teu pai,
foi o primevo Pélops — bárbaro, frígio?!
E que Atreu, que te originou, impiíssimo,
ofereceu ao irmão jantar dos próprios filhos?!
E tu mesmo és nato de mãe cretense, sobre a qual 1295
o pai que a engendrara flagrou um intrometido
e a abandonou a mudos peixes como presa!
Tu sendo tal, a tal homem condenas a origem?
A mim que de meu pai Télamon fui gerado?
Ele em primazia na tropa exceleu e tomou 1300
por cônjuge minha mãe — que por nascimento
era rainha, filha de Laomedonte — distinta
dádiva que lhe deu o filho de Alcmena.
Tão excelente rebento de par tão excelente,
acaso poderia eu envergonhar os de meu sangue 1305
que tu agora, quando em tais penas jazem,
deixas insepultos? E nem tens vergonha de dizê-lo!
Então, fica sabendo isto: se o atirardes algures,
atirareis também nós três, junto com ele jacentes!
Pois é-me mais belo morrer manifestamente 1310
penando por ele do que por tua mulher...
ou pela de teu consanguíneo, eu diria.
Diante disso, vê não o meu, mas o teu interesse:
que se me ferires de algum modo, quererás um dia
ter sido comigo antes um covarde do que valente! 1315
(chega Odisseu)

CORO
    Rei Odisseu, fica sabendo que vieste oportunamente,
    se chegas não para enredar, mas para resolver!

ΟΔΥΣΣΕΥΣ
Τί δ' ἔστιν, ἄνδρες; τηλόθεν γὰρ ᾐσθόμην
βοὴν Ἀτρειδῶν τῷδ' ἐπ' ἀλκίμῳ νεκρῷ.

Αγ. Οὐ γὰρ κλύοντές ἐσμεν αἰσχίστους λόγους, 1320
ἄναξ Ὀδυσσεῦ, τοῦδ' ὑπ' ἀνδρὸς ἀρτίως;

Οδ. Ποίους; ἐγὼ γὰρ ἀνδρὶ συγγνώμην ἔχω
κλύοντι φλαῦρα συμβαλεῖν ἔπη κακά.

Αγ. Ἤκουσεν αἰσχρά· δρῶν γὰρ ἦν τοιαῦτά με.

Οδ. Τί γάρ σ' ἔδρασεν, ὥστε καὶ βλάβην ἔχειν; 1325

Αγ. Οὔ φησ' ἐάσειν τόνδε τὸν νεκρὸν ταφῆς
ἄμοιρον, ἀλλὰ πρὸς βίαν θάψειν ἐμοῦ.

Οδ. Ἔξεστιν οὖν εἰπόντι τἀληθῆ φίλῳ
σοὶ μηδὲν ἧσσον ἢ πάρος ξυνηρετεῖν;

Αγ. Εἴπ'· ἦ γὰρ εἴην οὐκ ἂν εὖ φρονῶν, ἐπεὶ 1330
φίλον σ' ἐγὼ μέγιστον Ἀργείων νέμω.

Οδ. Ἄκουέ νυν. Τὸν ἄνδρα τόνδε πρὸς θεῶν
μὴ τλῇς ἄθαπτον ὧδ' ἀναλγήτως βαλεῖν·
μηδ' ἡ βία σε μηδαμῶς νικησάτω
τοσόνδε μισεῖν ὥστε τὴν δίκην πατεῖν. 1335
Κἀμοὶ γὰρ ἦν ποθ' οὗτος ἔχθιστος στρατοῦ,
ἐξ οὗ 'κράτησα τῶν Ἀχιλλείων ὅπλων·
ἀλλ' αὐτὸν ἔμπας ὄντ' ἐγὼ τοιόνδ' ἐμοὶ
οὐκ ἀντατιμάσαιμ' ἄν, ὥστε μὴ λέγειν
ἕν' ἄνδρ' ἰδεῖν ἄριστον Ἀργείων, ὅσοι 1340
Τροίαν ἀφικόμεσθα, πλὴν Ἀχιλλέως.
Ὥστ' οὐκ ἂν ἐνδίκως γ' ἀτιμάζοιτό σοι·
οὐ γάρ τι τοῦτον, ἀλλὰ τοὺς θεῶν νόμους
φθείροις ἄν. Ἄνδρα δ' οὐ δίκαιον, εἰ θάνοι,
βλάπτειν τὸν ἐσθλόν, οὐδ' ἐὰν μισῶν κυρῇς. 1345

152

ODISSEU
O que há, homens? Pois de longe percebi
gritaria dos Atridas sobre este robusto cadáver.
AGAMÊMNON
Pois não é que agora mesmo ouvimos falas   1320
vergonhosíssimas, rei Odisseu, deste homem?!
ODISSEU
Quais? Pois eu desculpo o homem que ouve
frivolidades de devolver palavra ruim.
AGAMÊMNON
O que escutou é vergonhoso, pois fazia o mesmo contra mim.
ODISSEU
O que, então, te fez, que até dano sofreste?   1325
AGAMÊMNON
Diz que não deixará este cadáver de sepultura
privado, mas que o sepultará — com violência contra mim!
ODISSEU
É permitido a um amigo que te fala a verdade
contigo remar, não menos do que antes?
AGAMÊMNON
Fala! Caso contrário eu não seria bem-ponderado,   1330
já que amigo maior dentre os argivos eu te considero.
ODISSEU
Escuta então: este homem — pelos deuses! —
não ouses tão insensivelmente atirar insepulto!
Que a violência de modo algum te force
a odiar tanto que chegues a pisar a justiça!   1335
Também contra mim ele era antes o mais hostil da tropa,
desde que me apoderei das armas de Aquiles.
Mas ainda que tenha sido tal para mim, eu
em todo caso não o desonraria, a ponto de não dizer
que vi nele o homem melhor dentre os argivos   1340
— quantos em Troia chegamos — exceto Aquiles.
Assim, não com justiça seria desonrado por ti:
não seria ele, mas as leis dos deuses
que destruirias. O homem bravo, se morre,
lesar não é justo — nem se o estás odiando!   1345

Αγ. Σὺ ταῦτ', Ὀδυσσεῦ, τοῦδ' ὑπερμαχεῖς ἐμοί;

Οδ. Ἔγωγ'· ἐμίσουν δ', ἡνίκ' ἦν μισεῖν καλόν.

Αγ. Οὐ γὰρ θανόντι καὶ προσεμβῆναί σε χρή;

Οδ. Μὴ χαῖρ', Ἀτρείδη, κέρδεσιν τοῖς μὴ καλοῖς.

Αγ. Τόν τοι τύραννον εὐσεβεῖν οὐ ῥᾴδιον. 1350

Οδ. Ἀλλ' εὖ λέγουσι τοῖς φίλοις τιμὰς νέμειν.

Αγ. Κλύειν τὸν ἐσθλὸν ἄνδρα χρὴ τῶν ἐν τέλει.

Οδ. Παῦσαι· κρατεῖς τοι τῶν φίλων νικώμενος.

Αγ. Μέμνησ' ὁποίῳ φωτὶ τὴν χάριν δίδως.

Οδ. Ὅδ' ἐχθρὸς ἀνήρ, ἀλλὰ γενναῖός ποτ' ἦν. 1355

Αγ. Τί ποτε ποήσεις; ἐχθρὸν ὧδ' αἰδῇ νέκυν;

Οδ. Νικᾷ γὰρ ἀρετή με τῆς ἔχθρας πολύ.

Αγ. Τοιοίδε μέντοι φῶτες ἔμπληκτοι βροτῶν.

Οδ. Ἦ κάρτα πολλοὶ νῦν φίλοι καὖθις πικροί.

Αγ. Τοιούσδ' ἐπαινεῖς δῆτα σὺ κτᾶσθαι φίλους; 1360

Οδ. Σκληρὰν ἐπαινεῖν οὐ φιλῶ ψυχὴν ἐγώ.

Αγ. Ἡμᾶς σὺ δειλοὺς τῇδε θἠμέρᾳ φανεῖς;

Οδ. Ἄνδρας μὲν οὖν Ἕλλησι πᾶσιν ἐνδίκους.

Αγ. Ἄνωγας οὖν με τὸν νεκρὸν θάπτειν ἐᾶν;

154

AGAMÊMNON
   Tu, Odisseu, combates por ele contra mim?!
ODISSEU
   Sim! Eu odiava quando odiar era decente.
AGAMÊMNON
   Então agora que morreu não te cabe também calcá-lo?
ODISSEU
   Não exultes, Atrida, com ganhos não decentes!
AGAMÊMNON
   Não é fácil ao tirano ser bem-piedoso! 1350
ODISSEU
   Mas honrar os amigos bem-falantes o é!
AGAMÊMNON
   Ouvir aos que estão no topo cabe ao bravo homem.
ODISSEU
   Para! É se te rendes aos amigos que comandas!
AGAMÊMNON
   Lembra qual era o homem a quem esta graça dás!
ODISSEU
   Este era homem hostil — mas nobre — outrora. 1355
AGAMÊMNON
   O que farás? Reverencias tanto um morto hostil?
ODISSEU
   Rende-me sua excelência bem mais que sua hostilidade.
AGAMÊMNON
   Tais homens, sim, é que são volúveis entre os mortais.
ODISSEU
   Certo, muitos são agora amigos; depois, pungentes.
AGAMÊMNON
   E tais amigos aprovas tu que ganhemos? 1360
ODISSEU
   Rígida alma eu não desejo aprovar.
AGAMÊMNON
   Tu nos mostrarás neste dia como covardes?
ODISSEU
   Na verdade, como homens justos a todos os helenos!
AGAMÊMNON
   Exortas-me então a permitir que se sepulte o cadáver?

Οδ. Ἔγωγε· καὶ γὰρ αὐτὸς ἐνθάδ' ἵξομαι. 1365

Αγ. Ἦ πάνθ' ὅμοια· πᾶς ἀνὴρ αὑτῷ πονεῖ.

Οδ. Τῷ γάρ με μᾶλλον εἰκὸς ἢ 'μαυτῷ πονεῖν;

Αγ. Σὸν ἄρα τοὔργον, οὐκ ἐμὸν κεκλήσεται.

Οδ. Ὡς ἂν ποήσῃς, πανταχῇ χρηστός γ' ἔσῃ.

Αγ. Ἀλλ' εὖ γε μέντοι τοῦτ' ἐπίστασ', ὡς ἐγὼ 1370
σοὶ μὲν νέμοιμ' ἂν τῆσδε καὶ μείζω χάριν,
οὗτος δὲ κἀκεῖ κἀνθάδ' ὢν ἔμοιγ' ὁμῶς
ἔχθιστος ἔσται. Σοὶ δὲ δρᾶν ἔξεσθ' ἃ χρή.

Χο. Ὅστις σ', Ὀδυσσεῦ, μὴ λέγει γνώμῃ σοφὸν
φῦναι, τοιοῦτον ὄντα, μῶρός ἐστ' ἀνήρ. 1375

Οδ. Καὶ νῦν γε Τεύκρῳ τἀπὸ τοῦδ' ἀγγέλλομαι,
ὅσον τότ' ἐχθρὸς ἦ, τοσόνδ' εἶναι φίλος·
καὶ τὸν θανόντα τόνδε συνθάπτειν θέλω
καὶ ξυμπονεῖν καὶ μηδὲν ἐλλείπειν ὅσων
χρὴ τοῖς ἀρίστοις ἀνδράσιν πονεῖν βροτούς. 1380

Τεῦ. Ἄριστ' Ὀδυσσεῦ, πάντ' ἔχω σ' ἐπαινέσαι
λόγοισι, καί μ' ἔψευσας ἐλπίδος πολύ.
Τούτῳ γὰρ ὢν ἔχθιστος Ἀργείων ἀνὴρ
μόνος παρέστης χερσίν, οὐδ' ἔτλης παρὼν
θανόντι τῷδε ζῶν ἐφυβρίσαι μέγα, 1385
ὡς ὁ στρατηγὸς οὑπιβρόντητος μολὼν
αὐτός τε χὠ ξύναιμος ἠθελησάτην
λωβητὸν αὐτὸν ἐκβαλεῖν ταφῆς ἄτερ.
Τοιγάρ σφ' Ὀλύμπου τοῦδ' ὁ πρεσβεύων πατὴρ
μνήμων τ' Ἐρινὺς καὶ τελεσφόρος Δίκη 1390
κακοὺς κακῶς φθείρειαν, ὥσπερ ἤθελον
τὸν ἄνδρα λώβαις ἐκβαλεῖν ἀναξίως.

ODISSEU
    Sim; pois também eu a este ponto chegarei.   1365
AGAMÊMNON
    É tudo igual! Todo homem por si mesmo pena!
ODISSEU
    Por quem ser-me-ia mais próprio penar, senão por mim?
AGAMÊMNON
    O ato então será considerado teu, não meu!
ODISSEU
    Como quer que o faças, de todo modo generoso serás!
AGAMÊMNON
    Mas certifica-te bem disso: que eu   1370
    a ti concederia favor até maior que este;
    já ele, estando lá ou aqui, para mim igualmente
    hostilíssimo será. Mas tu podes fazer o que deves.
                                           (sai Agamêmnon)
CORO
    Quem, Odisseu, não diz que nasceste sábio
    em teu juízo, sendo tu assim, parvo homem é!   1375
ODISSEU
    E agora ainda proclamo a Teucro que doravante,
    o quanto eu era hostil antes, tanto serei amigo;
    e quero junto com ele sepultar este morto
    e com ele penar e nada omitir de quanto
    devem os mortais pelos varões excelentes penar.   1380
TEUCRO
    Excelente Odisseu, plenamente posso louvar-te
    em palavras, e muito me falseaste os receios:
    Sendo-lhe o homem mais hostil dentre os argivos,
    só tu protegeste com braço e não toleraste defrontá-lo
    e sobre-exceder-te, vivo, contra este morto,   1385
    como o chefe, o tonitruante que veio e,
    ele próprio e seu consanguíneo, quiseram
    atirá-lo ultrajado sem sepultura.
    Portanto, que o supremo pai deste Olimpo
    e memoriosa Erínia e rematadora Justiça   1390
    destruam vilmente os vis, assim como queriam
    atirar o homem com ultrajes imerecidamente!

Σὲ δ', ὦ γεραιοῦ σπέρμα Λαέρτου πατρός,
τάφου μὲν ὀκνῶ τοῦδ' ἐπιψαύειν ἐᾶν,
μὴ τῷ θανόντι τοῦτο δυσχερὲς ποῶ· 1395
τὰ δ' ἄλλα καὶ ξύμπρασσε, κεἴ τινα στρατοῦ
θέλεις κομίζειν, οὐδὲν ἄλγος ἕξομεν.
Ἐγὼ δὲ τἀμὰ πάντα πορσυνῶ· σὺ δὲ
ἀνὴρ καθ' ἡμᾶς ἐσθλὸς ὢν ἐπίστασο.

Οδ. Ἀλλ' ἤθελον μέν· εἰ δὲ μή 'στί σοι φίλον 1400
πράσσειν τάδ' ἡμᾶς, εἶμ', ἐπαινέσας τὸ σόν.

Τευ. Ἅλις· ἤδη γὰρ πολὺς ἐκτέταται
χρόνος. Ἀλλ' οἱ μὲν κοίλην κάπετον
χερσὶ ταχύνετε, τοὶ δ' ὑψίβατον
τρίποδ' ἀμφίπυρον λουτρῶν ὁσίων 1405
θέσθ' ἐπίκαιρον· μία δ' ἐκ κλισίας
ἀνδρῶν ἴλη τὸν ὑπασπίδιον
  κόσμον φερέτω.
Παῖ, σὺ δὲ πατρός γ', ὅσον ἰσχύεις
φιλότητι θιγὼν πλευρὰς σὺν ἐμοὶ 1410
τάσδ' ἐπικούφιζ'· ἔτι γὰρ θερμαὶ
σύριγγες ἄνω φυσῶσι μέλαν
μένος. Ἀλλ' ἄγε πᾶς φίλος ὅστις ἀνὴρ
φησὶ παρεῖναι, σούσθω, βάτω,
τῷδ' ἀνδρὶ πονῶν τῷ πάντ' ἀγαθῷ 1415
κοὐδενί ⟨δή⟩ πω λῴονι θνητῶν·
Αἴαντος, ὅτ' ἦν, τόδε φωνῶ.

Χο. Ἦ πολλὰ βροτοῖς ἔστιν ἰδοῦσιν
γνῶναι· πρὶν ἰδεῖν δ' οὐδεὶς μάντις
τῶν μελλόντων ὅ τι πράξει. 1420

Mas tu, ó semente do longevo pai Laertes,
a tumba dele hesito em permitir que toques:
temo fazer ao morto algo descabido. 1395
Quanto ao resto, colabora! Se alguém da tropa
queres trazer, nenhuma aflição teremos!
Eu arranjarei todo o resto. E tu
fica sabendo que para nós és bravo homem!
ODISSEU
   Eu queria. Mas se não te é aprazível 1400
que nós façamos isso, aprovo-te e partirei.
(sai Odisseu)
TEUCRO *(saindo em cortejo com o Coro)*
Basta! pois já é decorrido muito
tempo. Vós, cava cova
com as mãos despachai! Vós, alto
tripé próprio para abluções sacras 1405
ponde circunflamante! Uma companhia
de homens traga da barraca as armas
que escudo cobria!
Criança, na medida de tuas forças
ternamente aflora teu pai e comigo 1410
soergue este flanco! Pois ainda cálidos
jorros expelem acima negra
alma. Sus! Todo amigo que
diz assistir, avance, ande,
penando por este homem todo-valoroso 1415
— ninguém melhor entre os mortais!
De Aias — quando existia — isso falo!
CORO
Muito podem os mortais, vendo, conhecer.
Mas antes de ver, ninguém é profeta
do futuro, do que acontecerá! 1420

Este livro foi composto em Times New Roman e Cardo Unicode por *Aristeu Escobar Branco Silva* e terminou de ser impresso no dia 27 de novembro de 2008 na *Associação Palas Athena do Brasil*, São Paulo, SP, em papel off-set 75g.